KB116886

섹시함은
분만실에
두고 왔습니다

글·그림 **야마다 모모코**

비채

어느 날 친구들에게 "너네도 수염, 막 자라고 그러지?" 하고 동의를 구했더니 "수염이라닛!" 하고 내 말을 싹뚝.
서프라이즈!! 케바케!!

유니클로 속옷 위에 줄무늬 티셔츠, 육아에 허덕이는 좌충우돌의 나날. 짬이 나면 스마트폰과 눈싸움을 벌이거나 과자 먹기……. 나의 심신도 여성스러움도 깨끗이 말라버렸습니다. 여성 호르몬의 사하라 사막인가?!
하지만 아이를 사랑하는 마음은 태평양보다 넓고 깊습니다.
하지만 역시 내 시간도 갖고 싶고…….

이 책에는 이런 '현실 엄마'의 일상을
담았습니다.
'말도 안 되는 모습, 근데 맞아맞아!'
하고 모쪼록 즐겁게 봐주시면 기쁘겠
습니다.

대머리! 뚱뚱보! 털복숭이!
그래도 엄마다!!

프롤로그

안녕하세요. 야마다 모모코입니다.
이렇게 만지기만 해도 섹시함이 묻어날 것 같은 제목의 책이 완성되다니,
정말 꿈만 같습니다.

'출산 후의 나, 여유가 없다면 섹시함도 없다!'
'종아리 제모할 짬이 있으면 차라리 자고 싶다!'
'벼락치기 메이크업? 쌩얼이 일등 벼락치기지!'
'트렌드에 뒤떨어진다고? 빨래하기 좋고 수유하기 편하면 무조건 OK!'
'선물? 혼자 느긋하게 잘 수 있는 시간 좀 주시오!'
'잠버릇이 어찌나 고약한지~!'

격렬한 진통, 출산을 거쳐 행복한 임신부 시절이 막을 내리고, 이제 기다
리고 있는 것은 낮도 밤도 없이 아기를 보는, 폭삭 삭아버린 나 자신의 모
습이었습니다.
물론 원래 아름답다거나 미인이라거나, 뭐 그런 타입은 아니었지만……
하지만 조금은 더 괜찮았을 터! 그런 나의 '말도 안 되는 모습'을 그림일기
로 기록해 남편에게 보여준 것이 이 책의 시작이었습니다.

그 뒤 '이렇게 끔찍한 엄마도 있습니다요, 웃어주세요' 하고 가벼운 기분
으로 인스타그램에 올렸더니, 많은 엄마들이 '맞아맞아' 하고 맞장구쳐주
었고, 어쩌다보니 책으로까지 나오게 되었습니다.
서프라이즈!!

CONTENTS

CHARACTERS
등장인물 소개

유니클로를 사랑하고
유니클로에게 사랑받는 가족,
그 이름 '팀 야마다'!!

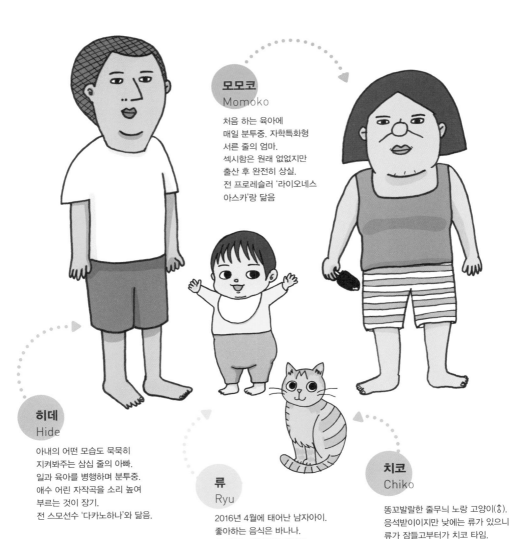

모모코
Momoko

처음 하는 육아에
매일 분투중. 자학특화형
서른 줄의 엄마.
섹시함은 원래 없었지만
출산 후 완전히 상실.
전 프로레슬러 '라이오네스
아스카'랑 닮음

히데
Hide

아내의 어떤 모습도 묵묵히
지켜봐주는 삼십 줄의 아빠.
일과 육아를 병행하며 분투중.
애수 어린 자작곡을 소리 높여
부르는 것이 장기.
전 스모선수 '다카노하나'와 닮음.

류
Ryu

2016년 4월에 태어난 남자아이.
좋아하는 음식은 바나나.
좋아하는 장난감은 페트병.
밤낮을 가리지 않고 방을 어지르는
것이 장기.

치코
Chiko

똥꼬발랄한 줄무늬 노랑 고양이(♂).
응석받이이지만 낮에는 류가 있으니
류가 잠들고부터가 치코 타임.
밥보다 히데를 더 좋아함.

신참 엄마의 여자 퇴화론

1장 임신 · 출산 · 엄마 데뷔

임신선,
　　　반갑습니다~

마음에 드신다면 가지셔도 좋아요.

#이제_수영복_못입겠네 #원래_못입었다
#수영복을입으면 #여자프로레슬러느낌
#뽕이필요없는_어깨깡패 #안정감있는_하체 #자이언트바바
#턱만_아야세하루카* #only
#건강하신가요? #건강하면_임신선도생겨요!

*드라마 〈호타루의 빛〉의 여자 주연 배우.

가려워 가려워, 에구 가려워라….
문득 으스스하고 이상한 느낌이 들어서
거울 앞에서 배를 까보았다. …꺄악!!
거기에는 지금까지 없던 선명한 임신선이!
귀신보다 훨씬 무서웠다.

9

공포의 내진.

너무 아파서 너무 싫어서 31세, 등원거부!

#아프면_못생겨지는나 #아프지않아도_못생겼다
#통증에_무너질쏘냐! #오징어라고_무너질쏘냐!
#아자아자!

내진이 시작되고부터 병원에 갈 때마다 우울모드.
'우리 아기를 만나러 병원에 가는 건 행복해~'라며
넘치는 모성애를 자랑하던 나는 어디에.
내진을 떠올리는 것만으로도 오싹오싹해진다!

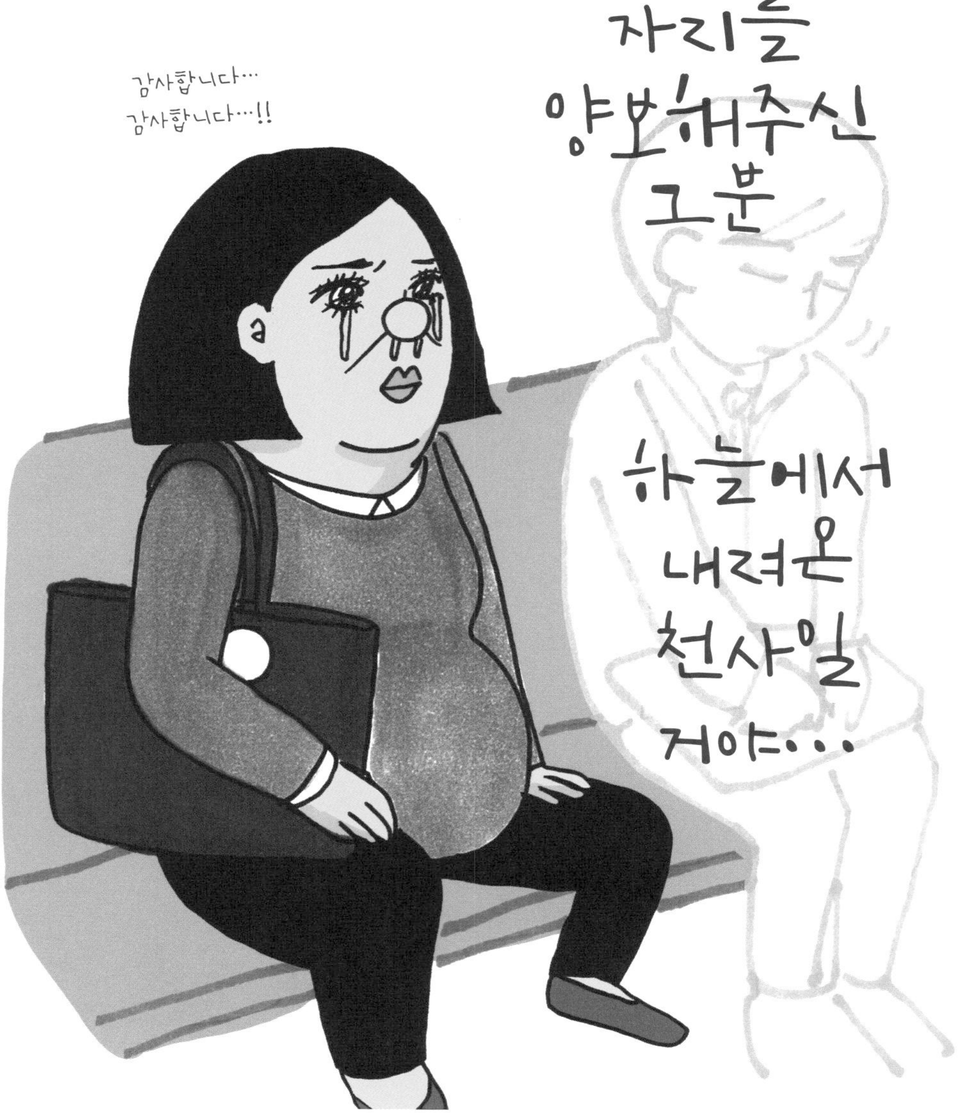
감사합니다…
감사합니다…!!
자리를 양보해주신 그분
하늘에서 내려온 천사일 거야…

천사는
전철에
있었다.

#임신중에_자리를양보받으면_정말구원받는것같다
#출산후에_혼자전철에탔는데_자리를양보받았다
#임신부배지는_물론_달지않았다
#그대신_차고넘치는_살을_달았지
#임신부배지보다_효과확실한_군살들_priceless

임신중 전철 통근은 각종 냄새와 많은 사람들로 예상보다 더 힘들었다.
숨겨진 듯한 임신부배지, 눈에 띄는 불량 신체.
자리를 양보하면 평범한 아저씨도 조지 클루니처럼 보인다.
양보받는 비율은 50% 정도.
결심했다. 임신부를 만나면 꼭 자리를 양보해야지!

만삭 사진,

나는 좀
아니었다.

배가 절망적으로 지저분하다!

#중앙선이_뚜렷하게♥   #나의중심은_여기였구나♥
#나의중심에서_사랑을외치다   #도와주세요   #배가_지저분해요
#다이너마이트_칠흑   #여자의_배일리가없어   #낳게해주세요

 ▶ 임신 후기에 접어들어 남편이 만삭 사진을 찍어주기로 했다.
결과는, 신비롭지도 않고 아름답지도 않고,
그렇다고 웃을 수도 없는 상태의 만삭 사진.
짜잔~ 모모코 아웃!

검진 갈 때
원피스를 입는 게
아니었는데.

모든 것을
보여주고 말았어…

허술한 속옷이 까~꿍!

#의사선생님_우아_이분_배_완전털게같다_from훗카이도?
#하고_생각할듯
#의사선생님_우아_이분_음모_완전아마존_from브라질?
#하고_생각할듯
#브라질에계시는여러분!_잘 들리십니까?

원피스 차림으로 병원에 갔더니
최고로 즐겁던 초음파검진이 살짝 우울해졌다.
'좀 더 귀여운 속옷을 입었으면 좋았을걸' 하는 생각이
일순 머리를 스쳤지만 곧 그런 건 있지도 않다는 사실을 깨달았다.
검진 갈 땐 트렁크&브라톱이 최고!

비싸…
너무
비싸!

#남편_외벌이로는_부족했다
#사용가능한ATM_없음 #신용카드_없음
#근처에은행도편의점도_없음 #입덧_궁하고_궁하다
#돈이모자람_이실직고 #할부결정 #단골술집도아니고 #대반성

초기 임신부검진 때 혈액검사를 했다.
국민행복카드도 있고, 괜찮을 거라고 생각했지만
충격적인 금액이 청구되었다.
그때의 얼굴, 사이타마 명물과자 '주만고쿠 만주' 200개분.
곤란해, 심하게 곤란해.

이상한 나라의 임신부.

#달걀형얼굴이_되고싶었는데
#달걀형몸매가_되었다는미스터리
#이상한나라의_모모코
#결국_리얼페이스는_야구장홈베이스
#늘_우락부락하게_살고있습니다

배만 볼록 나온 임신부도 참 많더만
나는 전체적으로 거대해져버렸다.
다리도 굵지만, 특히 상체가 있는 힘껏 약진!
어느 날, 여동생이 던진 한마디 "험프티 덤프티 같은데?"
해피 이스터~ 부활절 축하합니다!

임신부용 바지가
자꾸만 흘러내린다.

숏다리,
압도적인
숏다리···

나는 전생에 닥스훈트였을까?

#짧은다리를_제대로강조하는스타일
#쫄바지라고부르면_옛날사람이라나뭐라나
#레깅스라고?_그건_속옷아냐?
#치랭스?_그건_동물이니뭐니?

▶ 눈에 띄게 배가 나와 임신부용 바지를 샀는데
임신 후기에 접어드니 암만 추어올려도 줄줄 흘러내린다.
결국 최후까지 '임신부용 바지 제대로 입는 법'을 알지 못한 채,
결별했습니다. 여동생에게 이 그림을 보여줬더니
"이때, 완전 그랬지"라고. 진작 말해주지!

도망가면 안 되겠지… 안 되겠지…

#오늘_나올것같은_느낌 #예정일이_가까워지니_매일하는말
#양치기소년이_아닌_양치기중년
#진통이오나봐!
#진통앱을설치   #위험하다위험해~
#이거완전_진통맞음! #정신을차리고보니_꿀잠에빠졌던_나

예정월에 들어서자 드디어 현실로 다가오는 '출산 이벤트'.
솔직히 얼른 아기를 만나고 싶다는 마음보다
진통의 두려움이 점점 더 커진다.
제발, 드라마나 영화에서처럼 진통 장면은 휘릭 넘어가고
'응애~' 울음소리가 바로 들리길…!

혹시…
나는 지금
무엇도 아닌 그것을
낳으려는 걸까?

#꿍아가응애~ #혹시_이런전개?
#조산사선생님_어머_건강한꿍아…
#류_어째_태어나기힘들군
#남편_뭐라말해야할지…
#나_모두의기억_사라져라_얍!얍!

두렵던 진통은 나에게도 예외 없이 닥쳐왔다.
"크~은 꿍아를 낳는 느낌으로, 힘을 주세요!"라는 말을 들었는데
"정말로 그게 나올 것 같은데요!"라는 나의 SOS에
조산사 선생님이 "좋아요!"라고 스포츠 캐스터처럼 외쳤다.
이곳은 절대 물러설 수 없는 전장이다.

다온다……!!!" 나는 여러 가지 상상을 하면서 괴성을 질러댔다.

저녁을 넘겼을 즈음 급하게 핀치를 올린 나의 자궁은 18시에 완전히 열렸다. 만반의 준비를 하고 분만대에 올랐는데 의사 선생님이 조산사 선생님과 옥신각신하기 시작했다.

"어이! 털을 안 밀었잖아?" "지금 밀겠습니다." "늦었다고!"

……나의 아마존이 쓸데없는 전쟁을 일으키고 말았다. 그뒤, 나의 아마존은 무사히 벌초되었다. 그 상태로 몇 번인지 계속해서 힘을 주었더니 "아, 머리가 보입니다! 남편분, 여기 와서 보세요"라며, 의사 선생님이 갑작스레 남편을 나의 가랑이 쪽에 초대했다. 오래지 않아 "오오오오오!" 하고 감동한 모습으로 돌아온 남편은 눈을 반짝이며 말했다. "모모코, 곱슬이 아니야!!"

실은 나도 남편도 악성 곱슬이라, 태어날 아이의 머리칼이 상당히 신경 쓰이던 참이었다. 그래도 그게 지금 그렇게 중요한 정보인지……. 냉정과 열정의 사이에서 심호흡을 계속했는데 최종적으로는 흡인분만이 되었다. 여담이지만 이때 의사 선생님이 언뜻 "산도에 살이 너무 많은데……"라고 말한 것을 나는 흘려듣지 않았다.

19시 11분.

드디어 류가 태어났다.

나는 엄마가 되었고 그와 더불어 10킬로그램이 플러스된 거구가 남았다.

임신부라는 방패를 잃고 나는 그저 뚱뚱녀가 된 것이다.

진통 VS 나?
아마존 VS 의사!

COLUMN

2016년 4월 모일. 예정일을 사흘 넘긴 날 아침, '오늘 낳을 것 같아'라고, 정말이지 '어머니의 신비' 같은 말을 했다. 그날은 검진일이라서 여느 때처럼 남편과 함께 병원에 갔다. 그런데 병원에 도착해 검진 베드에 올라간 순간 뭔가 똑똑똑똑……. "아, 양수가 터졌습니다!"
의사 선생님들이 당황하기 시작했다. 곧장 입원이 결정되었는데 진통은 아직 오지 않았다. 남편은 일단 집에서 대기하기로 했다.

그로부터 1시간쯤 흘러, 정오 조금 전부터 주기적으로 진통이 오기 시작했다. 나는 침대 손잡이를 꽉 잡고 소리는 내지 않은 채 통증을 참았다. 그때는 아직 '나 있지, 여배우 같아♥'라며 기쁨에 잠기는 여유가 있었다. 하지만 정오를 지나자 나는 여배우가 아니라 야수로 변해갔다. 무통분만을 희망한 나는 '지금이야말로 통증을 진정시킬 때!'라고 생각해, "무통… 무통…"이라고 되뇌었다. 하지만 조산사 선생님은 "무통마취는 자궁 입구가 완전히 열리면 시작합니다. 초산이니 밤은 되어야 열릴지도 모르겠네요"라며 굉장히 쿨하게 선고했다. 그때 자궁은 2센티미터 열린 상태.
"와으앗앗ㅅㅅㅅㅅㅅ!" 나는 계속해서 짐승처럼 포효했다.

그런데 내가 진통과 싸우던 즈음, 의사 선생님이 내진하러 와서는 "아래 털 밀어 놔줘요" 하고 조산사 선생님에게 지시했다. 하지만 나의 아마존은 시간이 흘러도 언제까지고 울창한 그대로였다. 통증에 괴로워하면서도 그 점만은 신경이 쓰였다. 저녁이 되자 다시 병원을 찾은 남편. 따분한 듯한 그는 어째서인지 나와 기계를 관찰했다. "모모코! 이 녹색선이 피크가 되면 진통이 오는 것 같아! 봐봐, 온다온

나의 외모가 감동을 방해한다.

#나만_트리밍하고싶다
#갓태어나면_빨간원숭이_같다는데
#왜때문에_엄마인내가_원숭이같은가
#OK목장?
#완전NG목장!

어마어마한 출산의 고지를 넘어 드디어 아이와 첫 대면.
…무어라 형언할 수 없다.
감동적인 순간을 담은 장면이지만
훗날 사진을 보니… 무어라 형언할 수 없….

이 속담만큼은 틀렸다!
이렇게 귀여운데 가능할 리가 없다.

#왜그럴까~왜그럴까~왜왜왜그럴까~♪
#갓태어난얼굴보고는_다들엄마닮았댔는데
#붓기가가라앉자_아빠닮았다는것이다~♪
#학창시절_주점에서_아르바이트할때_똥머리를했더니
#손님이말하길_스모선수닮았다고 #쫓아내고싶었다

가만히 손가락을 가져다 대면 그 작은 손으로 꼬옥 쥔다.
반사작용일 뿐이라 해도 어찌나 신기하고 힐링이 되는지.
안녕, 아가야. 내가 네 엄마야.
'아기 손목 비틀기'*라니, 가능할 리가 없다.
*식은 죽 먹기라는 의미의 일본 속담.

이런 거구나···
밤새 보채기···

하아~
기저귀가 아니래 ♪
안아달란 것도
젖 달라는 것도
아니래엑!*

*요시 야쿠조의 〈나 도쿄 갈란다〉를 개사한 글.

#나는_이런밤이싫어~ #나는_이런밤이싫어~
#가면을쓰는거야*_모모코
#뚱뚱녀가면
#딱히_가면이필요없는 #내추럴_뚱뚱녀
#나는_이런얼굴싫어~ #나는_이런얼굴싫어~
*만화 〈유리가면〉의 명대사.

▶ 퇴원하던 날. 밤새 보채기 세례가 쏟아졌다.
어떻게 해도 잠들지 않고, 울음을 그치지도 않았다.
자장가를 불러도 끝없이 우는 아이를 보며 나도 울었다.
계속해서 노래만 불렀다.
이제 나는 실력파 뮤지컬 배우.

심야의 네가티브 검색.

검색 횟수와 엄마의 피로도는 비례한다.

#괴로울수록_인터넷을뒤진다_그곳에구원은없지만
#내_목은_짧고굵지
#왜그럴까_생각하면서_검색중 #원인
#처진얼굴 #나쁜자세 #알찬지방
#거대한머리 #구원은없다

스마트폰은 육아에 매인 생활 속에서 바깥세상과의
유일한 연결고리다. 하지만 스마트폰 탓에
가뜩이나 짧은 목을 너무 많이 구부리고 있다
이놈의 짧고 굵은 목.

네모난 엉덩이 좋아하세요?

#엉덩이네모화_진행중 #네모화_그뤠잇
#도널드트럼프 #경산부의몸_어떻게되려나
#나~나나나~나나나나~트럼프경산부_쏴아~♪
#엉덩이가_불량이라미안! #엄마가_미안하다~!

▶ 욕실 거울에 비친 뒷모습을 보고 경악!
여태껏 탄력 있고 둥글던 나의 엉덩이가 완전히 네모가 되어 있었다.
동생에게 봐달라고 했더니 "음… 네, 네모잖아…"라는 대답.
서른 넘은 언니의 네모난 엉덩이라니, 보고 싶지 않았을 텐데.
동생아, 미안.

세 시간마다 수유하기, 예상 이상이었다.

밤새 보채는 아기, 책에는 없는 침실의 현실!

#춤추는_대육아선
#등_전원스위치를봉쇄하라
#라라라_러브_섬보디_투나잇♪_(자고싶다!)
#밤새보채기가_우리집에_꺄악!!!
#류가_지구에태어나서다행이다

출산 전에는 '후다닥 수유하면 다음 수유까지
세 시간은 더 잘 수 있겠다'라고 쉽게 생각했다.
우왕좌왕하는 사이 다음 수유가 닥쳐오리라고는 상상도 못 했다.
수유… 금방 했는데? 그리고 반복.
밤새 보채기가… 우리 집에… 찾아왔다!

신생아는
생각과 달랐다!!

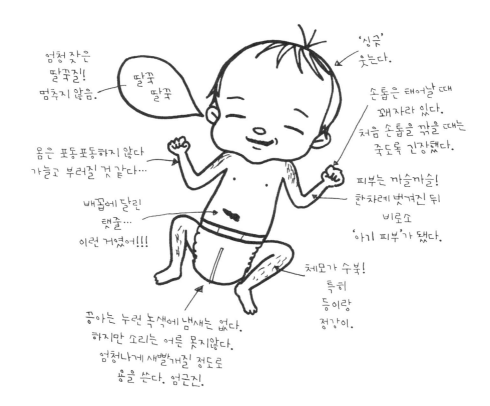

'싱긋'
웃는다.

엄청 잦은
딸꾹질!
멈추지 않음.

딸꾹
딸꾹

손톱은 태어날 때
꽤 자라 있다.
처음 손톱을 깎을 때는
죽도록 긴장했다.

몸은 포동포동하지 않다
가늘고 부러질 것 같다…

피부는 까슬까슬!
한 차례 벗겨진 뒤
비로소
'아기 피부'가 됐다.

배꼽에 달린
탯줄…
이런 거였어!!!

체모가 수북!
특히
등이랑
정강이.

똥아는 누런 녹색에 냄새는 없다.
하지만 소리는 어른 못지않다.
엄청나게 새빨개질 정도로
용을 쓴다. 엄근진.

만지면
부서질까…

#아기가울면_젖이뿌악~반응한다
#모로반사가_우사인볼트같다 #그래도_귀엽다
#잘자라_내아기_내귀여운아기~♪
#유선염인데_아기가밟고차고
#보라_옆가슴살! #딴딴하지~

아기는 좀 더 포동포동하고
바르르 떨면서 울고 웃을 거라 생각했는데
세상에 나온 우리 아기는 쭈글쭈글하고 호리호리했다.
처음에는 안는 것도 어찌나 조심스러운지….
상상과 다소 달랐지만 이내 아낌없는 사랑을 쏟아부었다.

오랜만의 외출.
남편 왈,

"마쓰코*
코스프레야?"

*여장으로 유명한 일본의 남자 탤런트 마쓰코 데랏쿠스.

몸모코 데랏쿠스,
노발대발.

#말하면안돼_하는마음은있었던모양
#하지만_참지못하고_내뱉음
#짙은메이크업＋롱원피스_출산후제대로부은몸＝마쓰코
#확실한방정식 #여기_시험에나옵니다

4주 차 검진은 오랜만에 제대로 하는 외출.
머릿속에 화장도 옷도 헤어스타일도 미리 정해뒀다.
'매력적인 엄마' 느낌이랄까.(오늘 나 어때? 후훗.)
뭐… 그렇다고 생각했는데, 병원 대기실에서 히죽히죽 웃으면서
"있지, 오늘 스타일… 마쓰코 코스프레야?" 하는 남편.
밴댕이 소갈딱지 주제에 말하는 것 보소!

검사용 소변을
받아둬야 하는데

다 눠버렸다.

한 번 더 눠야 하는가!

#느긋하게_화장실가는_기쁨을만끽하다가_다눠버렸다
#내전부를_내보내버렸다
#시원하게_해결한뒤에_손에든종이컵을발견하고_하얗게질림
#방광에는_이제_한방울도_남아있지않아
#야_방광 #뭐라고반응좀해봐!

4주 차 검진 때 소변검사를 까맣게 잊고 병원 화장실에서
시원하게 대방출. 접수처 담당자에게 솔직하게 말했더니
"어떻게 조금이라도 안 나올까요?"라고 한다.
의기소침해져서 화장실에 다시 갔지만 나의 방광은 무반응.
자동판매기에서 뽑은 차만 연신 들이켰다.

아무것도 안 했는데 하루가 다 간다…

눈 깜짝할 새에 밤이 왔다!

#아침방송은_정보의바다
#홈쇼핑에서_보정속옷사고싶다
#정오_와이드쇼에서_트렌드를익히다보니
#사카가미_시노부*_호감도_소폭상승

*〈바이킹〉의 MC로 '정오의 남자'로 불림.

매일매일 아기가 중심인 생활이 반복된다.
오늘은 언제 낮잠을 자려나, 밤에는 몇 시에 잠이 드려나,
밤에 덜 보채면 좋을 텐데.
아무것도 안 하는 것처럼 보여도
굉장히 의미 있는 일을 하고 있다고 다독이는 하루하루.
나, 애쓰고 있다.

자타공인
특대형 신체!

#야마다~모모코임당~
#XL사이즈를주다니_너무해!_투덜대며입었는데
#딱맞는이것은…누긔~?
#…나야나아아아앗!!
#아아아악!!!

편안하게 입으라고 큰 사이즈를 건네준 것뿐. 분명 그럴 거야.
마사지숍의 얄밉도록 세심한 배려가 진정 분하다.
임신부 시절에 늘 동경하던 엎드려 잠자는 행복을
XL사이즈 차림으로 음미했다.

바깥세상에선 요즘
브라톱이 유행인 모양.

왔구나...
나의 시대...

드디어 시대가 나를 쫓아오기 시작했다!

#엄마들의바이블!_〈Elle_Mom〉 창간!
#올여름_머스트해브아이템!_브라톱으로_레슬러스타일이되자♥
#컬러별브라톱을이용한_30일홈룩코디
#하의는_당연히RELACO★유니클로를배회하는자★
#역사상_최고로편한옷과몸을_득템하다

약 75%의 남성이 브라톱에 눈뜬 듯하다.
나도 모르는 새에 트렌드를 앞질러 가고 있었다.
매일 브라톱을 입는 나는, 완전한 패셔니스타.
가즈아! 도쿄 걸스 컬렉션.
슈퍼모델님 옆에 아줌마가 나란히 걸을 날도 멀지 않았다.

예방접종 이십만 원!

특별 주사(임의접종)를
너에게 줄~게.
엄청 비싼 거니까 ♬

#육아잡지에서_예방접종특집을_정독하고_소아과로
#만반의준비를했으나 #지갑속_준비가_심하게부족
#임의접종_나의 전투력은이십만원입니다
#전국에계신_신사임당님세종대왕님_우리집에집합~!

류, 예방접종 데뷔했습니다.
생후 2개월, 작은 팔에 주사를 몇 대씩이나…
당사자보다 내가 더 긴장했다가
이십만 원이라는 병원비에 순간 얼음!
첫 소아과 방문은 거지가 되는 것으로 일단락!

샤워는 곤란해!

너는 (여자로서) 끝났다…

#뜨거운사랑으로_섹시함을버린여자_모모코
#내남은생에_섹시함이란없다!
#와다다다다다 #(여자로서)와타타타타!
#북두신권 #엄마는진지

남편 없이 혼자 돌볼 때,
욕실에는 혼자 들어가지만 문은 완전 오픈!
매번 최고의 VIP석을 확보하는 치코.
어쩐지 싱긋거리면서 지켜보는 류.
엄마는 강하다더니 정말 강해지긴 합니다.

샤워가 무의미하다.

샤워는 왜 했을까?

#필사적 #뭐_아무튼_필사적으로
#내몸단장할_짬이있다면 #아기를단장해
#끝날무렵에는_땀투성이
#모모덮밥_땀한바가지_추가요!
#자매품_돼지고기덮밥

샤워 후 내 부피는 30% 플러스
머리에 두른 타월이 나의 큰 머리를 강조♥
드라이어, 그거 먹는 건가요?
오늘도 이 모습으로 퇴근하는 남편을 맞았다.
그렇습니다, 섹시함은 분만실에 두고 왔습니다.

손님 도착 3분 전!

인생에서 가장 농밀한 3분이었습니다.

#있는그대로의모습을보여주는거야_라고_공주님들은말하지만
#있는그대로도_정도가있는법
#모공과털의_여왕
#노브라였지만 #조금도_허전하지않은걸

갑작스운 손님의 방문. 곧 도착할 듯.
다 심각한데 어디서부터 손을 대야 하나.
청소, 요리, 화장은 포기하자….
상반신과 하반신, 어느 쪽을 살려야 하나.
'노브라 VS 팬티 비침'
한 치의 양보도 없는 전쟁이 시작됐다!

세상에!
이렇게 귀여운

이중턱이 있다니...

이중턱의
심각한 격차.

#옆얼굴이_점점_아나고씨*를닮아간다
#그런데_아나고씨는_27세래
#쿄쿄쿄쿄!
#사사에씨는_24세 #체중45kg
#쿄쿄쿄쿄!
*만화 〈사사에 씨〉에 등장하는 아저씨.

언뜻 거울을 보면 확 다가오는 이중턱.
사진을 찍으려 하면 확 꽂히는 이중턱.
머리숱은 없고, 얼굴은 크고, 배는 볼록, 손발은 짤막짤막한데
귀여움 한계치를 돌파하는 류.
스펙은 비슷한데, 귀여움이라곤 없는 나.

우리 집에 산후우울증이 찾아왔습니다

'새끼가 있는 어미에게는 절대 가까이 가면 안 된다.'

출산 후, 여성은 아기를 지키기 위해 필사적이다. 예민까칠, 공격적이 된다. 나는 스스로 그다지 화를 내지 않는 타입이라고 생각했기에 나와는 관계없는 이야기라 며 대수롭지 않게 여겼다.

하지만 이내 그렇지 않음을 알게 되었다. 출산 직후, 나는 영락없는 한 마리 짐승 이었다. 미녀와 야수가 아닌, 추녀와 야수! 영화화는 절대 안 되겠지.

나의 모성본능이 온 힘을 다해 '류를 지켜라!'라고 명령한다.

나 말고는 누구도 믿을 수 없다.

나 말고는 누구도 류를 지킬 수 없다.

주변은 모두 적. 모모코는 류를 지킨다.

인간들아 썩 꺼져라.

세세한 것들이 거슬리고, 화나고, 탄식이 나왔다. 주변 사람들이 무얼 하든 마음 에 들지 않았다. 그리고 성가시게도, 나의 아기보호기는 까칠한 경계심과 동시에 '두부 멘털'을 수반했다. 두부 중에서도 입에서 녹아 없어지는 연두부였다.

별것 아닌 한마디 한마디에 상처받고, 밤이면 밤마다 울었다. 세상에는 나와 류만 존재하는 것 같았다. 말을 할 수 없는, 아직 웃지도 않는 갓난아기를 눈앞에 두고 그저 괴로워했다.

좀전까지 웃는 얼굴이었던 아내가 벌컥 화를 내고, 울고, 남편에게도 굉장히 괴로 운 시간이었을 거라 생각한다. 한결같이 함께해준 남편에게 감사할 뿐.

추녀와 야수, 영화화 어떨까요?
혼자서 국민체조라도 하겠습니다.

어미의 마음…
아플 만큼 알겠다.

으르르릉

아이 사랑 곰찡

집 순 이 엄 마 의 분 투 기

2장 산후 3-4개월

미안하다.
사랑한다.

이소플라본 섭취

애정은 손이나 발이나 다르지 않다.

#손발이_몇개라도_모자라
#나는_오징어가_되고싶다 #실은_기타가와게이코*가_되고싶다
#현실은_DAIGO**_라기보다_외려_고다이고GODIEGO***
#믹키요시노**** #Let's_초록창검색

*⟨파라다이스 키스⟩⟨남쪽으로 튀어⟩의 여자 주연 배우.
**록밴드 BREAKER의 멤버이자 기타가와 게이코의 남편.
***1975년에 탄생한 밴드로 대표곡은 ⟨몽키매직⟩. ****록밴드 고다이고의 키보드 주자.

엄마가 되니 (좋게 말해) 발놀림이 상당히 잔망스러워졌다.
나쁘게 말하자면 발버릇이 나빠졌다.
휴대전화, 리모컨, 물티슈, 무엇이든 발로 집는다.
아기는 하루하루 할 수 있는 게 는다는데
나도 발로 할 수 있는 일이 하루하루 늘어간다.
대신, 확실히 무언가를 잃어간다.

'품위 있는 그녀'랑은
거리가 멀어도
너무 멀다.

달달
달달

어른이 되면
품위가 생긴다
생각했건만…
마이너스를 향해
달리는 듯.

#된장국은_사극에서_장군이_술마시듯_벌컥벌컥
#한손으로_밥먹기(다리는_방정맞게_계속떨기)
#울지않는다면야_흔들어주겠어_아가야
#굿바이_레이디_모모코
#웰컴_장군님_모모코

안아주지 않으면 칭얼대는 걸 보니
그간 애용한 하이&로 의자를 물릴 때가 왔나보다.
만반의 준비란 이런 것! 진동 기능이 탑재된 모모코 의자를 도입.
대하드라마 〈야마다 실록〉 관심 있으신 분?

문제,
원의 면적을 구하시오.

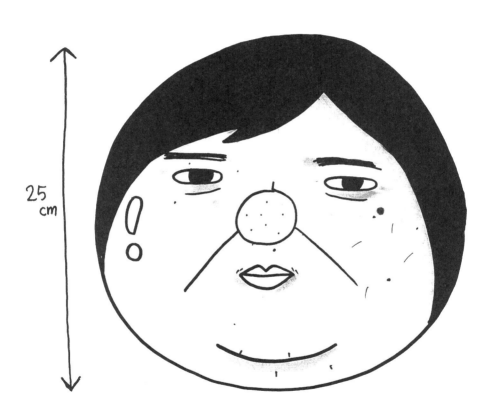

25
cm

수학 교과서에 실릴 만큼 둥글다.

#원넓이_공식이_뭐였더라
#반지름×반지름×3.14 #490.625cm²
#모양이아니라_크기가문제
#피부결은_사포

'실은 머리가 큰 게 아닐지도'라고 생각하고 재보니 25cm.
인터넷에서 평균을 찾아보니 여성은 22.8cm,
남성은 23.8cm… 내 머리는 그냥 컸다. 절망적이다.
옆에 크리넥스가 있다면 한 장 뽑아보세요.
제 얼굴은 그보다 조금 더 큰 정도.
모모코를 가까이에서 느껴보세요♥

남편의 행동이 수상하다.

지금 그거,
뽀뽀한 거 아냐?

#뽀뽀참기선수권대회_개최중
#충치균보균자인_내가원망스럽다
#이가_아프다못해_이제_흔들린다 #충치모모코

류에게 충치균이 옮을까봐 뽀뽀를 금지했다.
하지만 문득, 남편이 맹렬하게 뽀뽀를 퍼붓는 장면을 목격!
언뜻 볼에만 하는 것처럼 보이지만
입뽀뽀 가능성 배제 못 해.
나뭇잎을 숨기려 숲으로 가는 작전이라니, 이 책략가!

토스트를 혼자 앉아 먹을 수 있다는 것만으로 충분히 행복해.

#평소_식빵은_굽지도않고_그냥먹는다

#순정만화의_안돼~지각이야~_장면처럼

#모퉁이에서_누군가랑부딪쳐서_띠리리하는일은_절대없어

#아이가울어서_서둘러달려오다가

#선반모서리에_새끼발가락을_부딪힌적은_다수

'여유롭게 먹고, 자고, 옷 입을 수 있다'
이런 당연한 일에서 행복을 느낀다.
와우! 와우! 숨을 들이쉬고 와우! 와우! 숨을 내쉬고
브라톱 한 장이면 그만이지~ 살아 있으니 해피하지…♪

가끔은 부유 父乳

많이 먹으렴~

치치치치?*

*일본어로 아빠, 젖, 모두 '치치'로 부른다.

#본능적_촉일까_빨지않는_류
#남편의_괴상한노래가_그저애잔
#아빠라서_미안해~♪엄마였음_좋았을걸♪
#노래가맘에들었는지_방긋방긋웃는_류
#몇번이고_부르며_자폭하는_남편 #화이팅_아빠!

잠시 눈을 돌린 참에 남편이 수유(?)에 도전했다.
처음에는 '하지 마! 비위생적이야!' 하고 생각했는데
잘 생각해보니 나의 가슴도 대체로 비위생적이다.
아빠도 젖이 나오면 교대로 수유할 수 있을 텐데!
이런 생각중. 부유… 안 나오려나~

네가 끄억했냐 줄여서 네끄억.

#네끄억현상_있습니다!
#아래의_사례도_발생하지만_약칭을_만들지는_않겠습니다.
#네가_딸꾹질했냐_현상
#네가_쉬했냐_현상
#줄여말하면_묘하게_음란하다

아기 트림을 잘 못 시키는 나.
어쩐지 잘하는 남편에게 비결을 물었더니
"네가 트림이 나올 것처럼 해야지!"란다.
트림이 나올 만하면, 반드시 '네끄억' 현상이 발생.

궁극의 못생김.

꾸아아아악

섹시와 청순함 두 마리 토끼 모두 놓치다!

#여자의끝
#뭐그렇죠_전무후무하죠!_초절정_분노의_초보맘!
#아이를사랑하고_수염에게사랑받은_여자!!
#그래_그게나야!
#선샤인_야_마_다~~~!

 ▶ 최근 손을 꽤 쓸 수 있게 된 류는
나의 안경, 볼살, 머리칼을 잡는 게 재미있는 모양.
엄청나게 순수한 얼굴로, 나에게 엄청난 못생김을 선사한다.
아줌마냐 아가씨냐 이런 건 차치하고라도
일단 지금의 나, 못생김의 극치다.

뚱뚱녀 스토리는
이렇게 시작되고...

도쿄 뚱뚱녀 스토리!

#류를데리고_골반교정클리닉에 #허세를부리며_스키니를꺼냈다
#꽉끼는청바지_안에서_전쟁중인보디
#빨간열매는_여물어터져도_모모코의바지는_터지면큰일이지
#폭탄같은_보디!_안되겠어
#그래_다이어트하자!

▶ 단추가 잠기지 않는 스키니를 입고 클리닉에 갔는데
입고 온 차림 그대로 시술을 받는다고?
사색이 된 나. 순간, 배를 집어넣으면서 재빨리 단추를 잠갔다.
한다면 하는구나, 모모코!
하지만 남대문이 완전 열렸다는 사실을
집에 가는 길에 깨달았는데….

눈을 떠 봐.
너의 목소리가
날를 안아~
예~예~♪

#조금만더_조금만더_라고_나는너에게_속삭이지
#그러니까바랄게_내옆에서_잠들지않을래_너를사랑하니까
#이_생각이_너에게닿도록_바람이_이루어지도록…
#HY(헤롱헤롱Yo!)*
*HY가 부르는 〈AM11:00〉의 첫 소절.

류의 아침 활동이 최근 엄청나다.
새벽 4시, 5시에 계속되는 폭풍 옹알이. 유아마이Every~
…그래도 네가 좋아앙~!

감시카메라 달았나?
싫을 만큼
굿 타이밍.

#잘먹겠응애스~!
#갓지은_따뜻한밥_먹고싶다
#불고기_파스타_뜨거운커피
#라멘_쓰케멘_굵은면발로

겨우 밥을 해서 드디어 먹어야지 하는 타이밍에
곧잘 깨는 나의 아이. 출산을 하고 '노동시간단축'
'냉동밥' 같은 말의 무게를 알게 되었다.
토마토는 단연 방울토마토. 숭덩숭덩 썰기는 오케이!
채썰기, 잘게썰기, 이건 뭐 벌이나 다름없지.

여름, 냄새 너무 나…

#여름과함께_침흘림시기가_찾아왔다
#강아지스카프*와_함께하는나날
#남편이말하길_류는_침도냄새가안나! #부창부수
#남편이말하길_턱받이_완전냄새나! #부부혼절

*일본에서 곧잘 아기 턱받이를 강아지 스카프로 쓴다.

▶ 아기띠랑 같이 산 턱받이.
처음에는 류가 침을 안 흘려서 한동안 사용법을 몰랐다.
그런데 여름이 되고,
침을 엄청 흘리기 시작한 시점부터 술이라도 빚는 듯하다.
매일 갈아주지 않으면 위험하다며 황급히 몇 장 더 구매!
류, 매일같이 헤매서 미안.

엄마의
날카로운 후각.

#남편이말하길 #지금_응가한거같은데

#나_킁킁…아냐_공포탄이었어_그냥

#남편이말하길 #어?_왜_부르르_힘을주던데?

#나_(아직멀었군…기저귀_흘끗봄)

#끙아가헬로 #소믈리에_안타까운판단미스

처음에는 기저귀를 눈으로 확인했지만
차츰 냄새만으로 판별할 수 있게 되었다.
그 적중률이 상당해서
기저귀 검정 1급이라 자신한다.

의사와 나의 온도차

저기 그러니까, 눕혀도요.
엄청나게 괴로운지
전혀 잠을 못 자거든요!!
(저도 괴롭고요)

약은 어떻게
먹여야 할까요?
또 언제 병원에
와야 할까요?

콧물 빨아줘도 되나요?

감기네요.
약 처방
해드릴
게요.

아아아아.
젖도 토하거든요.
아아아아.
아직 4개월
인데요.

잘 돌봐
주시
고요.

저는 면도도
못하고요…

걱정이
되어서요…

방긋
방긋

더! 그래! 이쪽을 좀 보고! 듣고 있나? 걱정해달라고~!!

#류의몸상태가_좋지않아_소아과에 #진찰시간_불과1분
#생각이_삼분의일도_전달되지않아_매달리고매달리는_순정
#너무들러붙으면_진상이라고생각하겠지
#그래도_지식과경험이풍부한당신에게_아무래도묻고싶다!
#대답을들어야_안심을하지이이이이!

완전 패닉이 되어 소아과에 달려가니
담담하게 진료하는 의사 선생님. 엇, 벌써 끝?
말하고 싶은 거랑 듣고 싶은 게 산더미인데!
아플 만큼 사랑하는데! 정말 하나하나 다 전달하고 싶은데!
쓸데없는 말만 하다 진료가 끝나버렸다.

나 밥하고 싶지 않아.

#오답노트
#뭐든괜찮아→컵라면
#간단한거먹을까→컵라면
#담백한거먹을까→컵라면순한맛
#칼칼한거먹을까→컵라면불닭볶음면

세상의 남편님들, 나를 따라해보세요.
'컵라면 먹고 싶다.'
'오늘, 배달음식 어때?'
'내가 요리할게(설거지 포함). 뭐 먹고 싶어?'
'아이 데리고 슈퍼에 다녀올게.'

어린이채널은… 구세주!!

어린이채널은
사랑입니다.

#어린이채널볼때_저녁밥준비
#가자가자가자가자가자가자!
#안돼안돼안돼안돼안돼안돼!
#끝내기전에_꼭칭얼댄다
#시간을멈추고싶다

내가 어렸을 때는 '교육방송'이라고 불렀는데
어느 순간부터 '어린이채널'로 바뀌었다.
아직 이르려나, 생각하면서도 시험 삼아 틀어줬더니
류가 화면 속으로 당장 빨려들듯 열심히 본다.
치코까지 찰싹 붙어서. 어린이채널, 당신은 구세주!!

무슨 날인데!!

#무정하게_흘러나오는_야구중계 #어쩔수없이_셀프방송모드
#아침체조_전력댄스 #전력중년
#차곡차곡쌓아온(여자로서의프라이드)_버려버리고
#익숙해진것도(브라톱)_벗어버리고
#두말할것없이_우리이제_전력중년*
*스키마 스위치의 〈전력소년〉을 개사한 글.

아침저녁 어린이채널 골든타임=엄마의 골든타임.
아주 잠깐의 자유시간…이 생길 법하지만
아직 못 한 일이 너무 많다는 게 문제.
그럴 땐 엄마 스위치를 켜고 전력중년으로 변신!

집에서 가슴노출.

#골D.로저*
#잘찾아봐_여자의전부를_거기에두고왔으니까
#있는대로전부_섹시함을_모아모아
#잃어버린걸_찾으러가자고…♪
#산부인과로!

*만화 〈원피스〉의 해적왕.

날이 풀리니, 수유 후에 가슴 넣는 걸 자꾸 잊어버린다.
밤 수유 때도 그대로 잠들기 일쑤.
날이 풀리면 변태가 자주 출몰한다더니 어쩐지 이해된다.
수염노출, 복부노출에는 이제 딱히 놀라지도 않는 남편이지만
가슴노출 때는 한마디 하곤 한다. 미안해, 남편.

남성호르몬 맥시멈.

#류_부탁이니_머리당기지말래
#나의털은_왕성한성장기
#털_영원한친구
#팔털_따끔따끔찌릿찌릿
#콧털_나를잊지말아요

▶ 모성은 남성호르몬으로 이루어지는 것일까.
몸의 털이라는 털은 모두,
출산 전보다 왕성해졌다(단, 머리 쪽은 제외).
최근에는 면도하면 칭찬받을 정도.
무뎌지는 남편. ㅇㅊ(영원한 친구).

냐~

잠 재우기 비법

암컷 표범의 포즈.

여자는 매일 밤 표범이 된다.

#타도!_히나가타아키코*
#봐봐_이것이_경산부의_섹시
#분만실에서_주워왔다고!
#깨면안돼_깨면안돼_절대깨면안돼
#응애애애~ #으악! #암컷표범구락부

*전설의 포즈를 만들어낸 유명 그라비아 아이돌.

 아기 등에 있는 전원 스위치를 누르지 않도록 조심조심.
목소리는 물론 숨도 죽이고 이불에 내려놓는다.
류의 등 스위치는 어디에 있는 거지?
정답: 등 전체입니다~
하루 중 가장 조심스러운 순간. 이때의 엄마는 정말
짐승 수준으로 예민해져 있으니 조심하시길.

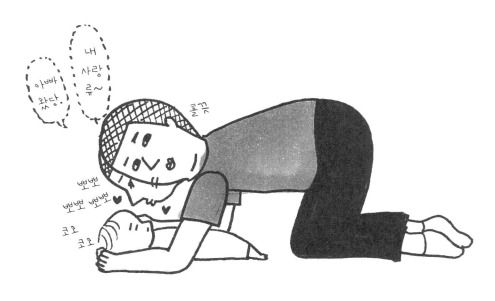

수컷 표범도 있다.

남자도 매일 밤 표범이 된다.

#재우고나면_남편_귀가 #수컷표범_혼신의스킨십
#옆에서_조마조마_지켜보는_나
#예민한엄마에게_도전장을내는가
#일하느라_수고했어_남편 #근데_뽀뽀한거야지금?
#깊어지는의혹

아이를 겨우 재운 참에 남편이 돌아왔다.
류가 깨어 있는 모습을 잘 못 보는 남편은
한 마리 수컷 표범이 되어 류와 스킨십.
흐뭇한 광경이지만, 애를 깨울까봐 조마조마해진다.
'깨우면 주먹 날아간당~♥(진심)'

남편과의, 잊을 수 없는 어린 시절의 추억

히데와 나는 꼬마 시절부터 친구다. 알고 지낸 지 어느덧 25년이 되었다.

첫 만남은 초등학교 2학년. 히데네 반에 내가 전학생으로 등장한 것이 시작이다. 나는 전학생이라는 이점을 무기로 전혀 살갑게 굴지 않았다. 예쁘지 않은 애는 나서면 안 돼, 라고 어릴 때부터 생각한 것이다. 아, '귀여움은 만드는 것이다!!'라는 광고가 있었는데, 32년간 시도해본 역사가 없다. 소용이 없으니까······.

히데와 나는 집이 가깝다는 이유로 방과 후 자연스럽게 같이 놀게 되었다. 나는 내내 히데가 입고 있던 트레이닝복을 입어보고 싶었다. 남자 형제가 없는 나에게는 다소 낯선 것이었기 때문이다.

어느 날 방과 후, 싫다는 히데를 열심히 설득해서 바라던 트레이닝복을 입게 되었다. 기분이 좋아진 나는 히데를 그냥 내버려둔 채 혼자 학원에 갔다.

1시간 동안의 학원 수업이 끝나고, 돌아가 보니 히데가 없었다. 서둘러 히데네 집으로 가보았지만 거기에도 없었다. 어쩔 줄 몰라 하는 참에 히데가 오열하며 돌아왔다. 사연을 물으니, 내가 학원에 간 뒤 남의 집 정원에 숨어 있었는데 집주인이 돌아오는 바람에 깜짝 놀라 도망쳤고, 계속해서 남들 눈을 피해 몰래몰래 집까지 왔다는 것이었다. 그렇다, 그때 히데는 나의 귀요미 치마를 입고 있었다. 초등학교 2학년 남자아이에게, 그것은 만만치 않은 상황이었을 것이다. 나는 주저 없이 그 자리에서 무릎을 꿇었다.

"우리··· 바뀌었어?!"

25년 전부터 뒤바뀐 우리는, 어떤 의미에서 〈너의 이름은〉 커플이라 해도 과언이 아닐지도.

살 빠지는 골든타임 종료

3장 산후 5-7개월

거울에 비친 너와
두 사람.*

잔잔함

든든한 것도
있음

*글로브의 히트곡 〈FACE〉의 가사.

가사가 완전 딱이다.

#거울을본순간_머릿속에재생된_globe
#짠해요 #FACE #든든해요 #BODY
#정신을차리니_어쩐지_팬티바람으로_서성대는중
#메커니즘은불명

그때는 잘 몰랐다.
'짠하기도 하고, 든든하기도 하다'의 의미.
지금은 아플 만큼 잘 알겠다.
고무로 데츠야*는 정말 굉장하다.
정신을 차리고 보니 밖에서도 globe 노래를 흥얼거리고 있다.
*글로브의 멤버이자 프로듀서.

저, 지금…

노브라입니다.

야~호! 야~호! 노브라 얏호!!

#남편이말하길 #레이디보다_대디_쪽으로_가는듯
#머릿속에떠오르는_빅대디 #그리고_오쿠다다미오*의노래
#속옷을_위아래_세트로입는다니
#도시전설같은_이야기
#NO_BRA_NO_LIFE

*일본의 관찰예능 프로그램 〈통쾌!빅대디〉의 테마송을 부른 가수.

아기띠를 벗을 일이 없을 때는 노브라여도 여유만만.
그렇다면 겨울에는 어디라도 여유만만?
문제는 깜빡하고 노브라인 채 소아과에도 간다는 것.
아기띠를 벗는 사태가 벌어지면 당황하며
완전 고양이 등이 된다.
점점 옅어지는 여성으로서의 프라이드.

상처투성이 부부

분하지만 너의 매력에 허우적.

#침실에서노는_히데&류
#돌연_히데의괴성(진심을담은)이들려온다
#으아아아악_내누우우운!
#류가_눈을_쑤셔댄모양
#〈천공의성라퓨타〉_무스카대령이_침실에있다 #바루스!*

*라퓨타를 산산조각내는 파괴의 주문.

우리의 얼굴을 있는 힘껏 쥐는 행동에 빠진 류.
손톱을 아무리 열심히 잘라줘도 소용없다.
얇고 예리한 손톱이 피부를 무섭게 파고드는 탓에
남편과 나의 얼굴은 상처투성이.
부부싸움을 대판으로 벌인 듯 보인다.

아이의 시점이 되어보고 처음으로 알게 된 사실.

우리집은 더러웠다.

#바닥에널려있는 #먼지 #치코의털 #나의털
#체키라웃! #털아웃 #모모코아웃!
#동정할거면_머리칼로줘 #머리칼을잃은녀자

 ▶ 류가 기어다니기 시작했다.
나도 뒤따라 기어보았다.
누가 볼까 무서운 그림이었다.
아이의 시점에서 보니, 우리 집 바닥, 정말 더러웠다.

밤새 보채기 진압대

밤새 보채기 시작했습니다.

#최근_낮잠시간도_짧아졌습니다
#이제_밤시간까지_나에게서빼앗을거니?
#안빼앗을거지? #어느쪽이야?
#빼_앗_는_다!
#빼애애애애액~!(나의 밤새 보채기)

30분마다, 1시간마다 들려오는 류의 보채는 소리.
밤새 보채기 진압작업은 초동대처가 관건이므로
전력질주로 달려가는데, 어쩐지 치코가 늘 먼저다.
하지만 녀석은 류를 머리맡에서 지켜볼 뿐 아무것도 하지 않는다.
고양이 손이라도 빌려달라고!

치코가 오고 2년 반 뒤, 류가 태어났다. 치코는 한동안 류에게서 일정 거리를 유지하다가 점차 조금씩 거리를 좁혀갔다. 1년 가까운 시간이 흐른 지금, 치코와 류는 가끔 위태위태할 때도 있지만 사이좋게 잘 지내게 되었다.

류는 곧잘 치코를 따라하기도 한다. 기껏 설치한 안전 펜스도 '이렇게 하면 통과할 수 있다고'라고 알려주듯 류 앞에서 보란 듯이 빠져나가는 치코. 솔직히 안 그랬음 좋겠다.

애교쟁이인 것도 똑 닮았는지 히데가 퇴근하고 돌아오면, 치코뿐만 아니라 류도 히데 곁에 찾아온다. 히데 주변만 인구밀도가 극심하다. 솔직히…… 부럽다!

류는 때때로 치코의 꼬리와 배를 꽉 거머쥐는 일이 있는데, 치코는 '냐아~' 하고 애잔한 소리를 내면서 내 쪽을 바라보는 정도이지 류에게 공격성을 비치는 경우는 없다.

치코는 류와 백 퍼센트 형제가 된 것이다. 나와 남편은 그런 둘의 모습을 볼 때마다 절로 미소가 새어나온다.

치코는 우리 집의 행복을 지키는 핵심 인물, 아니, 핵심 고양이가 틀림없다.

꽁냥꽁냥 절친

COLUMN

야마다 가의 큰 아기(?!) '치코'와 '류'의 우정

2013년 12월 14일. 작고 작은 갈색 줄무늬의 남자 아이가 우리 집에 왔다. 녀석은 불안했는지 이동장에서 나오더니 금세 가르릉가르릉 하고 울면서 애교를 피워댔다.

우리는 녀석에게 '치코'라는 이름을 붙였다. 치코라고 하면 여자 아이냐고 묻는 사람이 많은데 어엿한 사내 녀석이다.

"고양이, 키우고 싶어."

당시 동거중이던 우리는 보호중인 고양이가 있다는 카페에 갔다. 거기에는 아기 고양이부터 다 큰 성묘까지 여러 고양이가 있었다. 그런데 고양이를 입양하려면 신원이 확실해야 했다. '남자친구-여자친구 관계'로는 입양이 불가능했다.

우리는 일단 집에 돌아가서 '약혼자'가 되기로 결정했다. 그리고 며칠 후 치코를 맞이할 수 있었다. 그리고 2주 뒤, 양가 부모님과 인사를 하고 봄에는 혼인신고를 했다.

우리 집의 새 식구가 된 치코는, 우리가 일어나 있을 때는 절대 자지 않고, 늘 우리와 함께했다. 우리가 이불 속에 들어가면 당연한 듯 치코도 한가운데로 비집고 들어왔다.

치코는 히데의 열렬한 팬이다. 내가 집에 돌아오면 살짝쿵 반겨주고 말지만, 히데가 집에 돌아오면 엄청나게 방정맞게 큰 소리를 질러대며 '무릎 위에 올라가도 돼?' 하고 조르는가 싶다가 이내 무릎 위에 올라가서 히데의 얼굴이며 목이 빨갛게 달아오를 때까지 핥고 또 핥는다.

나는 그런 둘의 러브러브한 모습을 매일 지켜볼 뿐. 기분 탓인지 어째 둘 다 나를 내려다보는 듯한 느낌이다. 무시하고 있음이 틀림없다. 흥, 그런다고 화날 줄 아냐!

아기띠 사이즈가
남편이랑 같다.

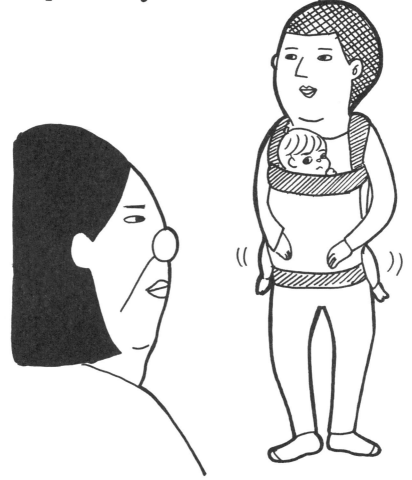

키차이20센티
허리사이즈
차이없음.

#한사람은_키다리_한사람은_뚱뚱보
#나의_뱃살 #지금이_열달째 #계속_열달째
#나의_살들_어디다_팔아버리고_싶다
#소금에절여서_한덩이에980원_팔아치우고_싶소

외출할 때면 곧잘 남편이 류를 안는다.
굉장히 고마운 일이긴 한데, 신경 쓰이는 점이 하나 있다.
아기띠 벨트를 조절하지 않고 그대로 멘다는 사실.
크흑… 분하다!

수유패드 가렵다.

유두가
정말★가렵다.

#모유수유패드=외출시_젖꼭지은폐
#나는야_샤라포바가_될순없지
#으아학!
#요사이_류가_목욕할때_나의샤라포바를_잡아당긴다
#으아학!

때때로 쓰는 일회용 수유패드.
'수유패드는 서너 시간마다 교환해야 합니다'라고 적혀 있지만
번거롭…기도 하고 교체하는 걸 곧잘 잊어버린다.
그때마다 매번 심하게 가려워져서 북북 긁고 만다.

아기띠 데뷔.

가슴과 배...
쿵

편하긴 한데
보기가 영~
울트라 스튜핏!

#나는_도쿄출생_나를키운건_팔할이_킷캣이었지
#맛있게먹으면_고칼로리!

▶ 유두는 저공비행.
뱃살은 자기주장.
압박받는 대장소장.
화장실로 고속직행.

이유식

~~귀찮아~~

시작했습니다♡

세상의 모든 엄마들은 정말 대단하다고 생각했습니다.

#이유식_아무것도_몰라요
#전문가가_필요해
#류_특전사군단
#슈퍼채소맨

만반의 준비를 하고 이유식 데뷔! 일단은 10배죽부터.
…라는데, 10배죽이 뭐지? 일반 죽이랑 뭐가 다르담?
문득, 궁금해졌다. 게다가 끓이는 데에서 끝이 아니라
그 후에 나무 막자로 득득득득득득….
이거야 원, 장난 아니다….

저,
지렸습니다.

재채기를 했더니 그냥 지렸습니다.

#갑자기_요실금 #문득_생각나는_광고
#자신있게_외출하세요_디펜드하세요~ #코튼100%
#출산후에는_여러가지가_느슨해진다
#이것이_진정_느슨한_캐릭터
#의미심장!

▶ 설마 내가 오줌을 지리는 날이 올 줄이야.
재채기할 때랑 달려갈 때는 요주의!
찔끔찔끔할 땐 디펜드하세요~♬

자세가 완전 최강 영장류.

#수염이_한가닥있으면
#아빠인가?
#아빠아니죠~엄마죠
#엄마아니죠~고릴라죠

아기띠를 하면 무게중심이 앞으로 쏠려서인지
자연스럽게 고양이 등이 된다.
어깨가 앞으로 나오고 목이 어깨에 묻힌다.
'어? 나, 우에노 동물원에 온 건가?' 싶었는데
거울에 비친 나였다.

우린 늘
함께하는 거야☆

추억도
냄새도
전부 함께해 ♥

#화장실_사용이_엄청나게_빠른_여자_모모코
#출산후_스피드가_한층_상승
#남편이묻는다 #손은씻냐 #씻는다고요!
#하지만_아기띠를한채로_씻어도씻는게아냐
#사실_제대로닦은건지도_의심스러움

집 안에서도 아기띠를 하고 있을 때가 꽤나 있다.
아기띠를 풀어 아이를 내려놓고 화장실에 가는 게 맞지만,
잘 때도 있고, 내려놓으면 칭얼대기도 해서
그대로 데려가곤 한다.
생리현상은 멈출 수도 없고 멈춰지지도 않아서… 미안.
그런데 나만 입으로 호흡한다. 들이쉬고 내쉬고. 미안미안!

충전중

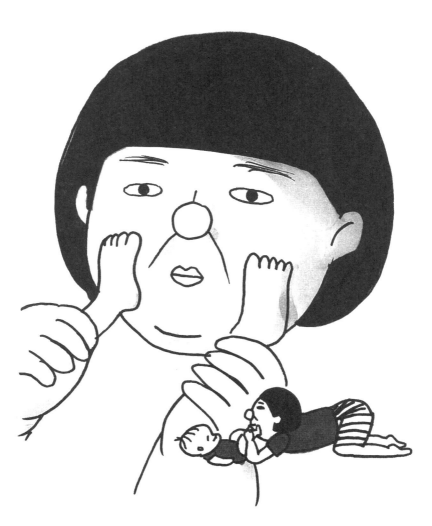

아기 발에서는 아무래도 음이온 같은 게 나오나 봐.

#디즈니공주가_되고싶다
#모모코_이름의유래는_나도엄마도할머니도_소띠라서
#모~모~코ㅋㅋ* #공주요소_제로
#모아나와전설의바다 #모모코와전설의소
#일단_어디목장에좀다녀올게 #생캐러멜아_기다려~!
*'소처럼 모~모~ 하고 우는 아이'라는 뜻.

 ▶ 충전 후에는 애써 못 본 척한 집안일을 해야지.
빨래 걷고, 욕조에 물을 받고, 저녁밥도 준비해야지.
빨래 개기, 너는 언제든 하면 되니 맨 마지막이야.
그렇게 방치되는 빨래.
디즈니영화에서처럼… 노래하면 마법으로 청소가 되면 좋겠다.

가슴깨물기의 달인께서
강림하셨습니다.

스튜디오 지브리 아니죠. 스튜디오 깨물리.

#가슴깨물기달인께서_작정하고_깨물기_시작하셨습니다
#제발좀진정해
#수유타임이_우울해
#모모노케히메_머리칼_왕창뽑힐듯

소문으로 듣긴 했는데
류가 맹렬한 기세로 젖을 깨물기 시작했다.
엄청난 통증에 나도 모르게 괴성을 내질렀다.
치유와 휴식의 의미도 (살짝) 있던 수유기는 이제 끝났구나.
가슴깨물기 달인님, 무서워도 너무 무서워.

나야 나!

#만약_내가_백설공주라면_애초에_목숨을_빼앗기지도않았겠지
#왕비도_백설공주도_어떤의미에서_해피엔드
#오징어는_싸움을_일으키지않아 #평화의상징은_비둘기가아니라_오징어
#피부가_희지않아_백설공주라_못부르겠네
#튀김공주가_가장유력

남편이 "가끔은 혼자 쇼핑이라도 다녀와"라고 말하기에
바지를 사러 유니클로에 갔다.
입고 벗기 편한 레깅스팬츠에 도전!
그런데… 레, 레깅스팬츠, 위험해.

나를 닮아간다.

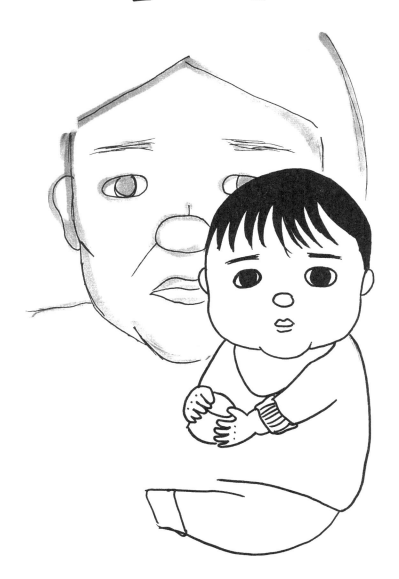

나의 DNA 폭주모드.

#학창시절_아르바이트하는가게에서_손님이말했다
#에반게리온_캐릭터닮았네
#당시_나는_쇼트커트 #설…설마_레이?
#잘듣어보니_사도(제3사도_사키엘_어깨깡패)
#이럴땐_어떤표정_지어야하나요

미치게 귀여워서 참을 수 없는 류.
귀여움이 줄기는커녕 점점 더해만 가는데….
언뜻언뜻 순간적으로 나의 DNA가 비칠 때가 있다.
힘내, 남편의 DNA!
주걱턱은 아냐, 주걱턱은 아냐! 주걱턱은 절대 아니라고!

143

나의 다리길이가
아이의 성장을
쫓아가지
못한다.

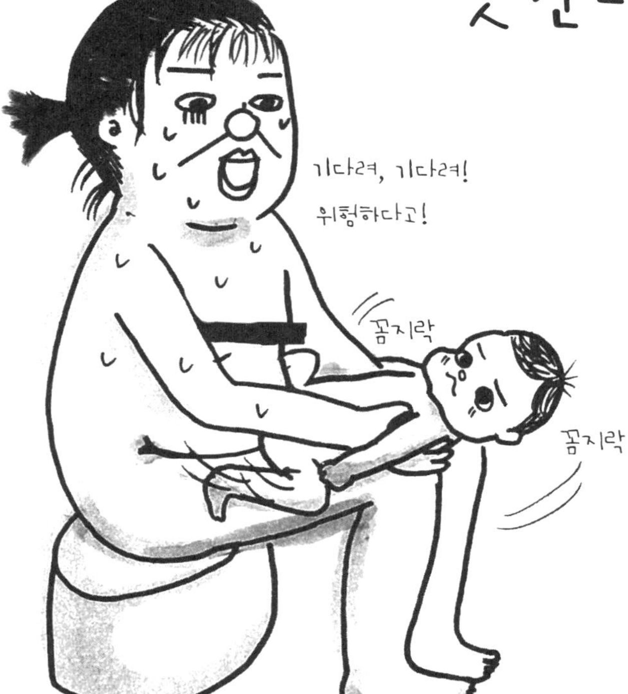

나는 나나오*가 되고 싶다.

*신장 172cm의 모델.

#나나오의_미각美脚 #모모코의_미각微脚
#몸이_너무뻣뻣해 #모델포즈_불가능
#욕실에서는_머리를묶으니_살짝_아야노코지_기미마로*_느낌
#하루라도좋으니_살아보고싶다_내가예쁜날
#아야노코지_모모마로_입니다
*일본 중노년층에게 인기가 높은 만담가.

늘 류를 무릎 위에 올려서 씻겼는데
생후 5개월, 내 다리로는 드디어 한계에 다다랐다.
내가 나나오였다면 좋았을 텐데.
하지만 가늘어서 떨어뜨렸을지도.
안정감 면에서는 내가 최고!

하주가 끝났다.

아~ 온천
가고 싶다.

이제 곧 밤이네요~♬ 털 좀 뽑아볼까요? (배수구를 막는 머리카락)

#어마어마하게_빠지는머리칼
#수륙양용_고무볼의_대활약
#드래곤볼처럼_7개모으면_소원이이뤄질까
#그럼_상콤상콤한소녀가_되고싶어요
#루즈삭스세대 #지금은_체형이_루즈

▶ 아이가 태어나고부터 이른 시간에 입욕하게 되었다.
내 머리칼, 얼굴, 몸을 후다닥 씻은 뒤
제대로 씻은 걸까 의심스럽지만 뭐 됐어… 하고 넘긴다.
하루를 마감하며 여자로서의 마감도 느낀다.

이거,
바뀐 거 아냐?

#대충_자른_앞머리 #턱수염은_내추럴하게_자라있고
#남성호르몬 #이거혹시…
#여성호르몬 #저기우리…
#바뀌는거야?

샤워 후, 몸의 물기를 대충 닦은 뒤
반나체로 류에게 보습크림을 발라준다.
말할 것도 없이 류의 피부는 탱글 촉촉 반짝.
'지금 진짜 보습이 시급한 것은 바로 나!'라고 생각하면서
손에 묻은 크림으로 2초 만에 얼굴을 쓱싹!
나의 보습은 이걸로 끝.

날이 발전하는 엄마의 발재간.

#숙녀의스포츠_발로하는이불세팅
#신묘한발집게_완전편리_경련위험있음
#재울때면_이불주변에_늘어놓게되는물건들_육아7대불가사의
#성장과함께_점점_물건도증가 #집은_점점_더러워지고
#미니멀라이프_바른생활 #그거먹는건가요?

안은 채로 류를 재운 뒤, 나는 조심스레 물건을 치우고
이불을 깐다(feat.나의 짧은 다리).
이렇게 발로 물건을 집는 것은 초등학교 때 이래 처음이다.
이 자세에서 경련이 나면 장난이 아니다.

하체가 아기가 된 듯.

나의 항문
옹알옹알
말 터졌다.

#남편에게는
#류가뀌었어_라고하지만
#대부분_내가범인

임신하고부터 방구가 잦아졌다.
출산 전에는 "장기가 눌려서 어쩔 수 없나봐"
해명하곤 했지만, 이제 그것도 불가능.
정신도 항문도 단단히 붙들어야지!

히데와의 갑작스러운 다툼. 잘못한 것은 과연 누구?

히데와 결혼하기 전의 이야기.

어느 여름날, 둘 다 일 끝나고 돌아오는 길에 영화를 보러 가게 되었다. 극장에서 핫도그랑 먹을거리를 산 나는, 예고편이 흐르는 동안에 먹고 있었다.

히데가 흘낏 나를 보더니 가만히 웃는 듯했다. 나는 살짝 두근두근했다…….

영화가 끝나고 영화 감상을 히데에게 말했더니 히데가 또 한 번 웃었다.

거기서 나는 히데가 '가만히 웃는' 게 아니라 '히죽히죽'한다는 걸 깨달았다. '어? 뭐야?' 나는 살짝 빈정이 상해 물어보니, 히데가 당장이라도 곧 뿜을 것 같은 얼굴과 목소리로 말했다.

"영화에 집중할 수가 없었어. 발냄새 엄~청 났어!!"

나는 부끄럽기도 하고 꼴 보기 싫기도 해서 순간온수기처럼 얼굴이 새빨개졌다.

확실히, 여름밤 스타킹에 하이힐은 위험했지만. 그래도 그렇지!

히데는 그 뒤 신경 쓰며 여러 번 말을 걸어왔지만 화를 거둘 수 없는 나는 그를 무시하고 뚜벅뚜벅 걸어갈 뿐이었다. 그러다 몇 분 뒤, 커다란 교차로에 접어들었을 때, 히데가 큰 소리로 외쳤다.

"그러니까! 애인 발에서 청국장 냄새나는 건 싫다고오오오오!!!"

어째서 엄청난 버럭질을! 오늘은 불금. 여기는 신주쿠 한복판인 것을.

"시끄러! 따지기는! 나도 뭐 어? 으어ㅆ^&*ㅉㅇ효ㅕㅕㅉ쵸ㅛㅇ#!!!"

나는 당황해서 나도 잘 모르겠는 말을 내뱉으며 맞섰다.

오다 가즈마사*도 나보다는 말을 더 잘했을 거다.

우리는 신주쿠 한복판에서 발냄새를 부르짖었다.

*〈말로는 할 수 없어요〉라는 노래로 유명한 가수.

청국장력 상승!!

전투력 상승!

엄마는 괴로워!

4장 산후 8-12개월

들어줘!
나의 얘기를 좀
들어줘~!
5분이면 돼~

#귀를기울이면_지구의소리가_톡톡톡톡_들려온다
#재미있는일을_찾아떠나자
#지금_세상의_엄마들을_찾아나서면
#재미있는모습을_발견하리 #나는_오카피다!

집에 있는 시간이 점점 늘면서 '맘친구 모임'의 필요성을 실감했다.
주부들이 모여 멋진 레스토랑에서 먹는 브런치의 의미도 이해했다.
결코 사치 부리고 싶어서가 아닐 거다. 대화하고 싶은 거다.
하지만 애가 있으면 개별실이나 좌식이 좋겠지.
이런 모든 필요가 맘친구 모임에 응집되어 있다.

셀카!

내가
아냐,
절대.

현실을
직시당해버렸다.
혹시…
아이폰은 다를까?

#얼짱각도
#곤란해!
#동영상은_더욱더
#곤란해!
#처진_내얼굴

▶ 둘이 있는 시간은 긴데, 함께 찍은 사진은 별로 없다.
문득 동반 셀카라도 찍어야지 하고 휴대전화 카메라를 켰다가
그 파괴력에 심각하게 상처받았다.
문득, 더는 화소수가 올라가지 않아도 좋다고 생각했다.

다른 사람이 찍어줘도
곤란하기는 마찬가지.

보스 트롤*이
친해지자는 듯
내 쪽을 보고 있다.
친구 할까요?

네
아니오
▶ 살 빠진다

*게임 〈드래곤퀘스트〉에 등장하는 몬스터.

#내가찍어도_곤란 #남이찍어도_곤란
#원판불변의법칙!
#살쪄도_괜찮지않니? #아니아니아니요~
#몸무게는_거의_길드연합

친구가 전송해준 사진을 보고 현실을 직시했다.
어쩐지 류 뒤에 보스 트롤이 있는 것 같아….
거울에 비친 나는 심각했다.
20% 정도 몸이 불었다는 것도 깨달았다!
울면서 사진을 저장했다.

아이를 맡기면 마음속이 시끄럽다.

사고회로는 합선 직전.

#결혼식장에서_오랜만에만난_동료가말하길
#후덕해졌네 #있어보여 #아줌마다됐지뭐
#충격의쇼크!
#작은일에_신경쓰지말고~룰루랄라룰루랄라~♪*
#행복나눔 #나는_지방나눔_하고싶다

동료의 결혼식에 초대되어 처음으로 류를 맡기고 외출했다.
처음엔 마냥 행복했는데 점차 젖이 차오르며 현실로 돌아왔다.
마지막엔 결국 걱정이 되어 어쩔 줄을 몰랐다. 류가 울지는 않으려나?
젖은 잘 먹었으려나? 낮잠은 잘 잤으려나?
스마트폰으로 질문 공세&사진 독촉을 계속하고 말았다….

오늘도 내일도 아줌마 패션이죠!

#미시_정도면_좋을텐데 #아줌마입죠
#이도저도_아닌
#제_코디는_못하면서_남_코디_품평은
#안_세련됐죠
#어쨌든_어른사람과_만나고싶습니다!

 혼자 아기를 보다가 심심하다고 느끼는 순간이 곧잘 있다.
산책을 하거나 슈퍼에도 가보지만 해소되지 않는다.
몸이 심심한 게 아니라 입이 심심한 거 같다. 누군가랑 대화하고 싶다!
옷이 어떻고 어질러진 방이 어떻고 타이밍이 어떻고
신경 쓰지 않고 편하게 놀 수 있는 친구가 있으면 좋을 텐데!
시라도 좋다. 제발 놀러오세요!

누구... 신지.

나의 부피가 상당하다.

#겨울에는_쌩얼을_감출겸_마스크를_곧잘쓴다
#남성용과여성용이_있길래_여성용으로_샀다
#너무작다 #얼굴작은사람용이라고_적혀있다
#광대뼈와_턱에_찬바람맞으면_감기걸리는데
#마음까지_감기걸릴듯

▶ 겨울에 나는 좌우로도 대단하지만 앞뒤로도 대단하다.
좁은 데는 잘 지나가지 못하고 낄 때도 있다.
뭐, 내가 나의 크기를 잘 모른다.
모모코씨, 365MC?

싱싱한 뇌!

#돼지고기생강구이를_만들고싶었는데_생강사는걸_잊었다
#돼지고기볶음으로_변경
#예전에_나_눈이_안좋은가봐_라고했더니
#남편이말하길 #목위로는_다_안좋지_라는반응이
#다_라니_뭐가? #목아래로도_다_안좋다_설

출산 후, 외모뿐만 아니라 뇌도 확실히 늙어버렸다.
메모 없이는 뭘 사려 했는지도 기억 못하는 수준.
아이가 우는 순간 사고가 완전히 리셋되어
온통 '일단 달래자!!!'라는 명령어로 가득 찬다.

어른사람과 대화가 잘 안 된다.

나 몸코 결단코 기쁩니다!

#그니깐_뭐더라_그거그거!
#힌트없는_그거그거
#음_있잖아_나_있지_이담에크면_있지
#이미_다컸다(신체적으로) #캄사합니다~

 대화는 굉장히 즐겁지만, 말을 더듬고, 씹고,
허도 머리도 잘 돌아가지 않는다.
마구 돌아다니는 아이에게 신경 쓰느라
대화도 좀체 머리에 들어오지 않는다.
연애 이야기로 시작했는데 어느 순간 요통, 노후 이야기로
화제가 바뀌어 있다.

응가가 묻으면
사람이 달라진다.

살짝
긴장을 풀면
지옥도가!

\#출산전에는_입밖으로_못내던_말도_술술술

\#○쌌구나 \#○추_닦을까나

\#찌찌_먹을까

\#상스러운것도_더러운것도_아니다 \#생활용어일뿐

\#예전에는_젖병꼭지를_젖꼭지라고_하는것도_껄끄럽더니

작은 거일 때는 웃으면서 기저귀를 갈 수 있지만 큰 건 다르다.
손에 묻는 정도야 아무렇지 않지만 옷에 묻고 바닥에 묻고,
류가 제 발로 밟고… 한발 잘못 디디면 대참사가 벌어진다.
엄마의 이런 고민에도 아랑곳없이
류는 미꾸라지처럼 스르륵 빠져나간다.
안 돼~~~~~~~~~!!

다이내믹 어부바.

흡!
하!!

#아크로바틱_어부바
#안녕하세요_모모코서커스입니다~!
#두구두구 #돼지되애지~
#돈가스 #돼지입니다~!
#돼지의체지방율은_15% #가뿐하게_돼지를꺾었다

 ▶ 처음에는 어렵기만 하고 잘 안 되던 어부바.
(설명서를 봐도 이해가 안 되었다.)
친구한테 배워 겨우 할 수 있게 되었다.
하지만 앞으로 안는 거랑은 달리
떨어뜨리는 게 아닐까 하는 긴장감 때문에 매번 완전 진지!
기분만은 매번 태양의 서커스각!

속옷이란 속옷은 전부

대박
촌스러움.

나의 섹시함이 멸종위기종으로 지정될 예정.

#임신부시절부터_애용한_엑스라지팬티에서_갈아탈_때를놓침
#너무_촌스러워서_늘어놓아도_외려_부끄럽지않은_신기함
#속옷인_브라톱차림으로_집안을돌아다니다보니
#이제는_속옷의_개념이_모호하다

'수유가 끝나면 새 속옷을 사야지.'
'지금 재보니까 사이즈가 위험한데… 살 좀 빠지고 나서.'
이런 생각이 나의 섹시함을 하나둘 멸종시킨다.
국가에서 나서서 보호해주지 않으려나….

칭찬을
먹고 살아요.

겸손이.

#조금도없다!_애써_뭐라도찾아서_칭찬해줘
#무리무리무리무리무리! #이_몸의_무게는_어마어마하다
#어마어마하게_좋다고_생각하면_안될까?_안되지?
#지금_두망방이질치는_나의가슴이_냉정한너에게닿기를
#결심했다_살_빼_자!

허술하지만 그래도 매일 충분히 애썼다고 생각한다.
모모코, 수고했어! 히데, 수고했어!
"여자는 칭찬으로 아름다워진다던데. 내 외모 어디라도 칭찬 좀"
이라고 남편에게 말했더니, 바로 묵언수행 들어가셨다.
지나치게 힘든 난제이려나.

179

아이
쪽에서
보면
퍼펙트 호러.

사다코* VS 몸모코

*공포영화 〈링〉의 귀신.

#온다_다가…온다…
#아기는_예쁜걸_보고듣는게_좋다던데
#그림을_그리려고_휴대전화로_뽀뽀하는내얼굴을_찍어보았다
#상상이상의_파괴력 #류의_장래가_걱정이다

 ▶ 류의 뺨에 매일같이 뽀뽀뽀뽀뽀뽀를 하는 나날.
귀여운 얼굴이 이렇게 가까이 있다니, 눈호강! 행복해!
하지만 잠시 생각해보니, 이거이거
류 입장에서는 좋은 일이 아니지 않을까…?
이상, 안면대참사였습니다.

엄마의 등도 널찍하다.

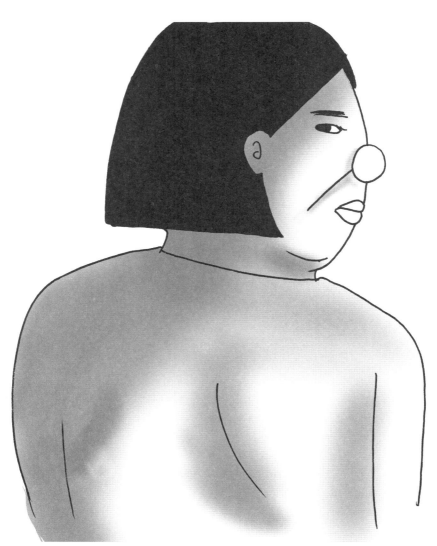

널찍한 등의 주인공은 아버지라고 누가 정했대?

#이_넓은등을_보고크는_아들이여 #여유 #압도적인여유
#최근의목표 #초등학교_수업참관까지는_살빼자
#아리따운엄마_까지는_안되겠지만
#예민한시기에_류를_자극할순없지
#너네엄마_못생겼어!

산책하면서 남편이 동영상을 찍었다.
집에 돌아가 보니, 줌을 하기 전부터 이미 등이 넓다.
모처럼 찍은 동영상인데 마음이 심란한 것이
전혀 따뜻하지 않다.
평생 딱 한 번이라도 좋다. '여리여리하다'는 말을 들어봤으면.

잼아저씨*
나 새얼굴 좀
구워주세요.

*만화 〈호빵맨〉의 캐릭터.

#새얼굴요!
#밀가루로만든_호빵맨 #단팥으로만든_호빵맨♪
#지방100배!_얼굴빵빵맨!
#이_있다면_나랑_완전똑같지않을까
#예쁜엄마_소리_듣는게_꿈 #아마_평생_계속_꿈

▶ 외출을 하면, 나이가 지긋한 여성분들이 말을 걸어온다.
평소 대화가 고픈 나는 기쁘다.
특히 아이를 예뻐해주시면 정말 기쁘다.
나의 DNA도 좀 인정받고 싶소만★

입냄새 좋아♡

어떻게 된 일일까!

#아기냄새좋아죽겠다
#나는_안귀여운입에서_안귀여운냄새가
#그냥입냄새 #그냥테러
#피부는까슬까슬 #털복숭이뚱뚱녀
#나의외모_어떻게좀해보자규!

하루 세 번의 이유식이 정착되고 거의 수유를 하지 않게 되어
젖냄새를 풍기던 입에서도 뭔가 육수 같은 냄새가 나기 시작했다.
하지만 그 트림이 또 미치고 팔짝 뛰게 사랑스럽다.

부엌의 아라시!*

*일본의 유명 5인조 아이돌로
'폭풍'이라는 뜻. '황폐'라는 단어와 동음이의어.

대망의 베이비 신인 A·RA·SHI 데뷔!

#(방귀)터뜨려yeah! #(방귀)솔직하게Boo!
#몸이좀무거운것은Boo!_that's_all_right!
#그래도이시대를극복하는_그래우리_SuperMom!
#we_are_cool #싫은일이있어도_어디에서든_에르고를찾지
#가능한한_다이어트해도좋겠지?
#꿈은_가져도좋겠지?

▶ you are my son! son! 언제나 바로 곁에 있을게.
양보할 수 없어, 누구도 방해할 수 없어.
부~억~♪ 아라시~ 아라시~ for dream.*
*아라시의 히트곡 〈A·RA·SHI〉를 개사한 글.

남편이 없는 날의 식사.

Breakfast

어제 먹고 남은 것들
ㅡ밀폐용기에 담아놓은 음식 처리.

Lunch

식빵
ㅡ한 장으로는 어림없었다.

Dinner

달걀 낫또 덮밥
ㅡ냉동실에 묵혀둔 식재료 처리.

나를 위한 요리?
안 해 안 해.

먹을 수 있으면 됐지.

#질소_가득한_식사 #리얼_잔반처리반
#남편은_건강한게_제일 #집에는_없는_게_제일 #이얘기_완전납득
#부인이랑_다다미는_새것이_제일 #이라고들하더니_이쪽도납득
#나의_엄청나게후진_생각 #신상엄마_주제에_묵은냄새_풀풀

남편이 없는 날은, 장도 보지 않고 요리도 하지 않기 때문에
딱히 시간에 연연하지 않고 대충 때운다.
식사의 질 따위 따지지 않고, 기분만은 최고 맑음!
입안에서 씹는 횟수도 훨씬 줄었다.
'카레는 마시는 거지'라고들 하더니 거짓말이 아니었다.

191

#출산후_초현실적상황이_대거발생
#내동생은대체_나의알몸을_몇번본걸까?
#가까운사이에도_예의는있는법 #끝없이_실례하는_나의알몸
#자유분방한_신체 #내맘대로_보디_프리덤
#amazon #심지어amazon프라임

여동생이 놀러온 타이밍에 혼자 느긋하게 샤워 좀 해야지 싶었다.
하지만 내가 욕실에 들어가자마자 여태 잘 있던 류가
칭얼대기 시작했다. 어쩔 수 없이 욕실 문을 열었더니,
금세 표정이 풀리는 류. 문은 계속 열어두는 수밖에.
죽은 물고기 같던 동생의 눈을 나는 결코 잊을 수 없다.

같은 엉덩이라고
믿을 수 없다.

엉덩이도 차이나는 클라스, 잔인하다.

#한껏_올라붙은_류의엉덩이 #중력에_복종하는_나의엉덩이
#녹아없어질_것같은_유부주머니냐고요 #아니_제_엉덩이입니다
#적어도_갓만든_유부주머니이고싶다
#가능하면_엉덩이_바꿔달고싶다
#살짝_바꿔치기_살짝_바꿔치기_살짝_바꿔주라~!

▶ 아기 엉덩이는 그냥 둥그렇고 볼록할 것이라 생각했는데,
심쿵! 의외로 탄력 있다.
기저귀 탓에 질펀하게 보인 걸까.
흘러내린 나의 엉덩이와는 하늘과 땅 차이.
그래도, 그래도, 유부주머니, 맛있으니까.

마마곤
퀘스트*

―잘 때까지
좁은 방에서
이리저리 왔다 갔다를
거듭한다―

*게임 〈드래곤퀘스트〉의 패러디.

공략불가능.

#마마곤퀘스트~
#몬스터편_출연
#안타깝습니다만_섹시함은_없어져버렸습니다
#안타깝습니다만_털은_무성해지고있습니다
#털복숭이랑대머리랑뚱뚱보_저주에걸린_엄마 #그리고레전드가되었다

아이를 안은 채로 '드래곤퀘스트'처럼 좁다란 침실을 배회한다.
나는 '라리호~'(잠들게 하는 주문)를 계속 부르짖는다.
바닥이 끈끈하다. 집 좀 치우자.
무릎이 삐거덕한다. 청소 끝~
이것이 엄마의 일.

뭐…라고? 그래버렸구만!!

#모모코는잠자코 #잠자는척
#부엌이더럽다 #거실도더럽다 #전부더럽다
#남편을환영하는느낌_0% #이제일어날수없다
#내일하자 #내일하자라니_창피하게
#그래도_내일하자

▶ 류가 잠들기까지 곁에서 자는 척을 하면서 등을 토닥토닥토닥….
정신을 차려보니 어느 틈엔가 나까지 꿈속으로.
남편이 퇴근해 돌아오는 소리에 눈이 번쩍 뜨이고….
"뭐…라고? 그래버렸구만!"이라고
내 안에 쿨포코*가 급히 떡을 찧기 시작하는 하루하루.
*"뭐…라고? 그래버렸구만!"이라는 유행어로 방아 찧는 개그를 하는 콤비.

액체괴물 탈출법.

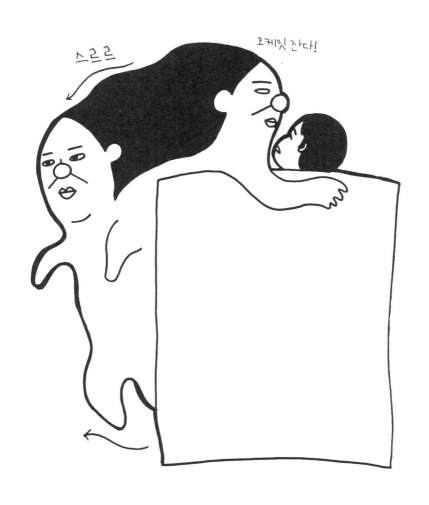

재운 뒤에는 슈퍼슬로 이불에서 탈출합니다.

#엄마는_너를위해서라면_단세포생물이_될거야
#스르르르르~륵_빠져나온다 #액체괴물_모모코
#밤에_자려고돌아가면 #그곳에_나의자리는없다
#퍼즐처럼_빈곳에_내몸을_끼워맞춘다
#엄청난_大평화 #흘러내리는_모모코_집대성

가능한 한 이불이 움직이지 않도록,
가능한 한 공기가 들어가지 않도록
스르르르르~륵 평행이동하며 탈출을 시도한다.
암컷표범이든 아메바든, 꽤나 주의를 기울인다.
그런데! 이럴 때 꼭 택배가 온다.
그런데! 이럴 때 꼭 세탁기 종료음이 울린다. 아아아~

류 1살
71.5cm
8.6kg

2017.4.28.

1살이 되었습니다!

#도와주신_가족여러분께_감사를 #가족의소중함을_재인식
#할아버지도_할머니도_여동생도_정말_고마워요
#나는1kg도못뺀채_1년을지나왔습니다
#모유수유하면_빠진다고_말한_사람
#누긔~~~~~~~~~~!!

눈 깜짝할 새에 류가 1살이 되었습니다.
정말정말 눈 깜짝할 새. 히데, 나, 치코까지 모두
아빠로서, 엄마로서, 형제로서 1년 차.
다들 우당탕탕 고군분투했던 한 해.
작은 일에 행복을 느끼게 되었습니다.
류, 태어나줘서 고마워.

6개월

이 되었습니다!

2016. 10. 28.
키: 67.3cm
몸무게: 7.455kg

7개월

이 되었습니다.

2016. 11. 28.
키: 68.0cm
몸무게: 7.900kg

8개월

이 되었습니다!

2016. 12. 28.
키: 69.5cm
몸무게: 8.065kg

9개월 이 되었
습니다!

2017. 1. 28.
키: 약 71.0cm
몸무게: 8.300kg

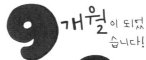

10
개월

이 되었
습니다!

2017. 2. 28.
키: 약 72.0cm(?)
몸무게: 8.205kg

11
개월

이 되었
습니다!

2017. 3. 28.
키: 약 71.0cm(?)
몸무게: 약 8.600kg

류의 성장일기

류가 태어나고부터 나는 매월 같은 날에 근처 슈퍼에 가서 류의 키와 몸무게를 측정, 기록해왔습니다. 류가 움직이기 시작하면서는 측정 때마다 가만히 있지 않는 탓에 '아마 이 정도이겠지' 하고 대강 짐작했습니다만……. 하지만 이렇게 늘어놓고 보니 키와 몸무게뿐만 아니라 몸짓이나 옷, 머리칼, 표정 등 류가 1년 동안 얼마나 성장했는지가 일목요연하게 보이는군요. 아이의 성장이란 정말 굉장하네요.

1개월 이 되었습니다 ☆
2016. 5. 29.
키: 53.5cm
몸무게: 4.385kg

2개월 이 되었습니다!
2016. 6. 28.
키: 57.0cm
몸무게: 5.455kg

3개월 이 되었습니다!!
2016. 7. 28.
키: 61.0cm
몸무게: 6.085kg

4개월 이 되었습니다!
2016. 8. 28.
키: 63.0cm
몸무게: 6.760kg

5개월 이 되었습니다!
2016. 9. 28.
키: 65.2cm
몸무게: 7.065kg

엄마 1년,
어른들 말씀이 모두 옳았다!

수고했어, 모모코! 내가 나를 칭찬해주고 싶다. 올림픽 선수들에게 하듯 칭찬해주고 싶다. 그러고 보니, 정말 좌충우돌하는 한 해였다. 이렇게 누군가를 위해 노력한 것은 생전 처음 있는 일이었다.

류를 낳고부터 만사가 류를 중심으로 돌아가는 생활. 임신 기간에는 모두가 해주지만 출산과 동시에 나는 그냥 수유머신이 되었다.

솔직히 아이를 낳기 전에는 곧잘 듣는 '엄마는 24시간 휴식 없음'이라는 말도 그다지 믿지 않았다. 하지만 막상 엄마가 되고 보니 정말 내 시간이라고는 없었다. 그렇지만 회사를 다니던 때에 비해 매일 '아무것도 안 하고 있는 것 같다'는 생각에 괴로웠다.

밥이, 청소가 나를 기다린다. 점점 더 지저분해지는 방과 울음을 터뜨리는 아기.

일과 다르게 가사, 육아는 그다지 칭찬받을 기회가 없다. 너덜너덜한 겉모습은 더더욱 칭찬받을 구석이 없다. '나'를 누군가에게 긍정받고 싶다…….

그렇게 '나야 나, 나라고~!' 하는 시기도 꽤 있었다.

……못났다.

무슨 일이든 죄다 처음인 것뿐이었던 지난 1년.

류는 많이 성장했다.

그리고 분명, 나도 많이 성장했다고 생각한다.

중요한 것들이, 생각이, 스마트폰의 사진과 비디오가 산처럼 생겼다

나는 분명, 못나지 않았다.

류, 나를 엄마가 되게 해줘서 고마워.

맘친구 사귀기, 맘대로 될 줄 알고!

5장 엄마 & 육아 생활 - 직장 복귀

맘친구는 만들 수 없을 것 같다.

야생의 맘친구는
어디에 있을까?

누가 좀
가르쳐줘요.
맘친구 만드는 법.

#맘친구_무섭다 #문화센터에_가기가_무섭다
#이상한닉네임_붙을것같다
#학창시절닉네임_고대수*
#이유는_어쩐지그런것같아서_라니요
#그별명을허락한_나의_강철같은멘털

*애니메이션 〈명랑 개구리 뽕키치〉의 등장인물.

▶ 슈퍼마켓 밖에서 선 채로 이야기를 나누는 엄마들.
몇 명이나 되는지 헤아려보았다.
맘친구란 대체, 어떻게 만드는 걸까?
공원이나 문화센터에 가면 되려나?
〈포켓몬GO〉에서 야생의 맘친구 잡고 싶다.

대파를 틀고 갈 곳은 아니었다.

#야생의_대파모모코_등장!
#아무도_몬스터볼을_던져주지않았다
#야생의_맘친구는_어디에있습니까?

슈퍼마켓에서 돌아오는 길에 마음을 먹고 문화센터에 들러보았다.
통유리 너머로 살펴보니 엄마들은 다들 자그마하니 귀여웠다.
인터넷에서 다들 '살찌고, 탈모에, 면도도 잘 안 해.
만날 늘어진 줄무늬 티셔츠지, 뭐'라고 하길래
철석같이 믿었건만, 그런 사람은 아무도 없었다.
다들 어디에 간 거니? 집합~~~~!

문화센터 데뷔.

구멍이 있다면 들어가고 싶다.

#문센에서_배운것
#외출전엔_양말과스타킹을_살피자
#닉네임을_붙인다면 #발은각질관리를

▶ 아, 기다리고 기다리던 문화센터 데뷔!
들어서니 이미 삼삼오오 그룹을 이룬 상태.
머릿속에서는 '집에 가고 싶다' 하는 마음과 '도망가면 안 돼'
하는 마음이 대격전을 펼쳤다.
용기를 내어 무리에 살짝 끼어든 뒤 계속해서 주문을 외웠다.
맘친구가 생기는 건 아직 먼 일이겠지만
분명 커다란 첫 걸음일 듯!

반년 차이가
어마어마하다.

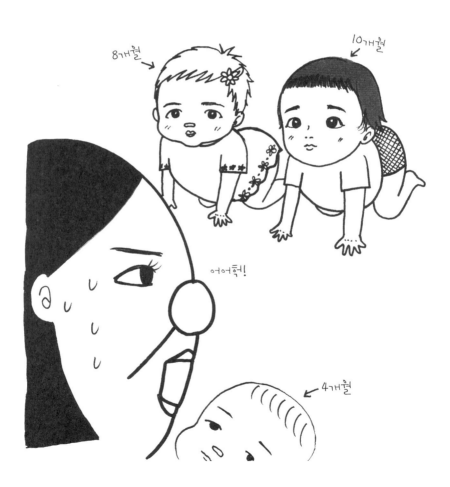

생후 10개월이면 이렇게 큰가?!

#아기의_폭풍성장
#한편_나도_성장했다_몸무게는
#아무래도_성장하지_않는다…
#안선생님*_다이어트하고싶어요
#턱살을_탁탁탁탁탁탁탁탁

*만화 〈슬램덩크〉의 북산고 감독님.

베이비 마사지 교실에 다녀왔다.
깜짝 놀란 이유는 류보다 반년 빠른 아기들의 건장함.
이제 막 목을 가누기 시작한 류가 그 아이들처럼
뒤집기, 앉기, 도리도리 하는 모습이 잘 그려지지 않았다.
고작 반년 만에 아기는 이렇게나 자라는구나.

선배 맘 느낌.

홈 스텝 마운팅~!

류보다 늦게 태어난 아기의 엄마와 대화할 때면
어쩐지 매번 선배인 척 굴게 된다.
그러다 잠시 후 위로도 아이가 있다는 사실을 알고
'이 사람이 외려 선배였어!'라며 땀을 삐질 흘린 적도.
홉, 스텝, 마잇팅~*!
*곤란하다는 의미의 '마이루'에서 유래한 조어.

나를 당신의 맘친구로 삼아주세요.

#가깝고도먼_존재_맘친구
#일보전진할_용기가없어
#멋진카페에서_맘친구_브런치모임_하고싶다
#그런건_주변엔없다

문화센터에서 이래저래 얼굴을 익힌 사람이 생기고
종종 대화를 나누기도 했지만, 조심스러워서
'다음번에 브런치 같이해요~' '연락처 교환할까요?'라는 말이
어쩐지 나오질 않는다. 상대가 먼저 말을 꺼내준다면
빛보다 빠른 속도로 대답할 텐데….

여유라고는 1도 없는
맘친구 브런치 모임.

브런치, 그 카오스에 대하여.

#마음대로_한껏자유로우신_아기들 #당황하는_엄마들
#테이블_한가운데로_모으게되는_접시들 #당췌먹을수없다
#쫓아가고 #도망가고 #대탈주극
#여유롭고럭셔리한_브런치 #그게뭐죠
#즐거웠어요_또가요 #엄마는_포기하지않아

▶ 드디어!! 맘친구 브런치 모임에 다녀왔다!
Helter Skelter*라는 말은
맘친구 브런치를 위해 탄생한 것이 아닐까 싶다.
아기를 보느라 무슨 얘기를 했는지 기억도 나지 않는다.
무슨 맛이었는지도 기억에 없다. 하지만 재미있었다.
*엉망진창.

꼬옥~

어린이집
알아보기 시작했습니다.

어째서 이렇게나 귀여운 거니.

#하루하루_성장해가는_류 #내내_지켜봐주고싶다
#하루하루_성장해가는_나 #내내_먹고싶다
#어린이집_에대한생각이_출산전이랑_180도달라졌다
#체형은_360도달라졌다
#1년이_지나도_변함없는_나

오늘은 어린이집 견학을 갔다. 어린이집에 보내게 되면…
하루 종일 류의 곁에 있는 지금의 일상은 이제 5개월 후면 끝이다.
봄이 오면 직장에 돌아간다. 전부터 결정된 것이었는데
눈앞에 류를 보고 있으면 여러 가지 생각이 뭉게뭉게뭉게.
정말, 어째서 이렇게나 귀여운 거니.

복자,
할 수 있을 것 같지 않다.

들어가지
않는
배에
굴복하는…

OL*
(오지상+레이디)
탄생예감.

*'오피스 레이디'를 오지상(아저씨) 레이디로 변주한 것.

#매일아침_일찍일어나_화장하는_나 #상상이_안된다
#달빛요정_세일러문_변신파워를_빌리고싶다
#미소녀전사(美가적은여자)_모모코
#신입사원시절_낭창하게_쌩얼로_출근
#뒤에서_쌩모모(쌩얼모모코)라고_놀림받은_흑역사있음

복직이 코앞에 다가오는데 몸도 마음도 완전히 준비 부족.
나의 자유분방한 신체에 맞는 사원복은 아마 없을 듯.
뇌도 일을 완전히 까먹은 듯.
'육아휴직 중에는 영어를 공부해야지!'라고 생각했건만
어른사람이랑은 말도 거의 안 해서
우리 말이나 제대로 할까 걱정이다.

어린이집
결정했습니다.

살 빼지 않을쏘냐!

#어린이집_통지서_도착 #드디어_회사복귀_카운트다운
#육아휴직중_류를_제대로_돌본걸까
#육아휴직중_내몸을_제대로_돌본걸까
#전멸한_출근복장 #쇼핑은_필연적_결과

▶ 4월부터 어린이집에 가기로 무사히 결정되었다.
바라던 대로 잘된 일인데
무어라 말 못할 복잡한 감정이 되어 울음이 터졌다.
내키지 않는다. 하지만 마음을 다잡고
얼마 남지 않은, 함께하는 시간을 소중히 보내야지.

내일부터
어린이집.

정말
이게
맞는
걸까…

#입학전야 #짐준비는_끝났지만
#마음의준비가_언제까지고_끝나지않는다
#센티멘털뚱뚱녀

 ▶ 계속 같이 있고 싶다. 가장 가까이에서 너의 성장을 보고 싶다.
그런 상상을 하는 밤. 하지만 분명
어린이집에 가 있는 동안 둘 다 성장할 수 있을 거야.
만나지 못하는 시간에도 사랑은 자랄 거야.
류! 어린이집 다니기, 같이 힘내자!

어린이집에 맡긴다는 건, 자신의 아이를 소중하게 생각하는 사람이 늘어나는 일
일 것이다.
엄마가 고민해서 고른 답이라면, 분명 올바른 길일 것이다.
그리고 지금, 같은 생각을 하고 있는 엄마들이
랜선 너머에 굉장히 많을 것이다.

출산 후, 느슨해진 나의 눈물샘이 완전히 터져버렸다.
다들, 고민하고 고민해서 답을 내고 있구나.
절대적인 정답이란, 아마 없을 것이다.
앞으로 어떻게 될지도 알 수 없다.
그래도 지금, 나는 류를 위해, 나 자신을 위해, 가족을 위해, 복직을 선택했다.

'복직'이 정답일까?
어린이집 입학 전야

"아이가 태어나면 나는 일을 그만두겠습니다, 갓 태어난 아기가 엄마와 떨어지다니, 불쌍하지 않습니까?"

학창시절에 '여성은 출산 후, 일을 어떻게 해야 하는가?'라는 토론을 했을 때 후배인 여자아이가 한 말을 나는 지금도 기억하고 있다.
나의 엄마는 늘 풀타임으로 일하는 사람이어서, 그것을 보고 자란 나는 출산 후에도 일하는 것이 당연하다고 생각했다. 그래서 그녀의 발언이 그때는 믿을 수 없었다.

하지만 지금, 그 말이 가슴에 파고든다.
류는, 이 아이는, 불쌍한 아이인 것일까. 나의 선택은, 잘못된 것일까.
어린이집을 알아보기 시작한 때부터 몇 번이고 몇 번이고 자문했지만 명확한 답을 찾지 못한 채, 눈 깜짝할 사이 4월이 되어버렸다.

이 아이는 아직 한 살도 되지 않았는데
이 아이는 내가 화장실에만 가도 우는데
이 아이는 이렇게도 귀여운데
이 아이는 이렇게도 나를 좋아하는데
나는 이렇게도 이 아이를 사랑하는데
어린이집 입학 전날, 류의 자는 얼굴을 보고 있다가 참지 못하고 울음을 터뜨렸다.
그 감정을 인스타그램에 올렸더니 엄청난 수의 댓글이 달렸다.

고생했어,
우리 류.

#어린이집_첫날 #데리러가니
#나를발견하고는_잔뜩_얼굴을찌푸리면서_울기시작하는_류
#쪼그마한_몸으로_정말고생했어
#엄마는_신생아사진부터_네사진을_찾아봤단다
#잠깐이었지만_네가보고싶어_미칠것같았어

애써 웃는 얼굴로 데리러 갔지만, 집에 가는 길에 눈물이 주르륵.
낮 동안 신들린 듯 집안일을 해치우고
점심으로 뜨끈한 우동을 먹으며 힐링한 뒤 또 다시 울먹울먹.
데리러 가니 찰싹 달라붙어 우는 나의 아이를
온 힘을 다해 꼭 안아주었다.
어린이집 등교, 정서불안의 극치다.

애독서
어린이집 알림장.

사랑이 뚝뚝 떨어진다.

#매일밤_개최 #알림장_낭독회 #참가자_2명
#우리집_베스트셀러 #마마존_랭킹1위
#보호자란에_사랑이넘쳐_글이넘쳐
#점차_할줄아는게_늘어나는_류
#귀여움이_논스톱!_논스톱!

▶ 어린 시절 '왜 이런 게 있는 거지?' 하고 생각했던 어린이집 알림장.
내가 엄마가 되어 받아 보니 소중함과 고마움을 알았다.
선생님이 류를 잘 돌봐주시고, 귀여워해주시는 게 오롯이 느껴진다.
정말 감사합니다.

몸코
렛츠고!

#애써_화장하고_갔더니 #동료가말했다 #혹시_라이온킹?
#걱정말자고! #솔직히_엄청불안하지만
#하쿠나마타타!
#같은생각을하는_전우들이_엄청나게많지
#걱정말자고!

결국 몸무게를 복구하지 못하고 정장을 새로 마련했다.
오랜만에 한 화장은 어색하게 진한 듯.
앞으로 분명 여러 어려움이 닥치겠지.
하지만, 지금까지도 잘 넘겨왔으니
마음을 굳건히 먹고 한번 해보는 수밖에!

'모유수유하면 살이 빠질 거야.'

친구들의 이런 말에 지금까지 몇 번이나 기대하고 몇 번이나 배신당했던 가. 하지만 '복직하면 바빠서 살이 빠질 거야'라는 말을 믿고 어떻게든 해 보려고 한다.

마지막으로,

남편. 이런 나와 늘 함께해줘서 고마워. 감사할 따름이야.

당신과 결혼하고, 이렇게 가족이 된 나는 정말 행복한 사람이야.

가족 여러분. 친절하고 이해심 많은 여러분이 도와주셔서

지금까지 잘 왔습니다. 늘 감사합니다.

친구, 동료 여러분. 언제나 나를 응원해줘서 고맙습니다.

앞으로 민폐 끼칠 일도 있겠지만, 너그러이 내 곁을 지켜주세요.

인스타그램에서 팔로해주고 계신 여러분, 이 책을 읽어주신 여러분.

여러분의 격려가 있었기에 거듭 좌절했던 지난 1년을 잘 넘길 수 있었습 니다. 정말 고맙습니다!

이런 나입니다만, 앞으로도 잘 부탁드립니다.

이 책을 읽어주신 여러분,

행복이 가득, 수염도 풍성!하시길 바랍니다~!

영원히
친구해요♡

2017년 5월
야마다 모모코

에필로그

오늘은 2017년 5월 10일.

출간 2주 전, 마감일을 목전에 두고 드디어 드디어 '작가 후기'에 이르렀다.

······아슬아슬했다!!

이 책이 나올 즈음에는 나는 이미 복직했을 거다.

산휴, 육휴 기간은, 뚜껑을 열어보니 정말 눈 깜짝할 새였다. 휴직 전에 예상했던 생활이나 외모와는 많이 다른 결과가 된 것도 아쉽다.

전혀 살이 빠지지 않았고, 옷으로 가려지지도 않는다.

스마트폰이나 기성 유아식에 의지한 채 아무럼 어때 하고 생각해버린 적도 있었다. 나는 전혀, 절대로, 완벽한 엄마가 아니었다.

그래도 류와 24시간 마주한 1년은, 더없이 행복한 나날이었다.

내가 출산 전 상상했던 완벽한 엄마는 되지 못했을지 모르지만, 결국 그렇게 되지 않아도 충분히 좋지 않을까 싶다. 허점투성이 엄마지만 누가 뭐래도 세상에서 류를 가장 사랑하는 건 분명 나이니까.

복직을 앞둔 지금 솔직히 불안하고 불안하기 그지없다. 지금도 집안일, 육아를 제대로 하고 있다고 말할 수 없는데 여기에 일까지 더해지면 어떻게 될 것인지······. 남편도 나도 정신없을 것이고 류도 치코도 안아달라며 칭얼거릴 텐데. 야마다 가의 최대 난관은 이제부터?!

나의 육아분투기는 아직아직아직아직 계속될 것이다.

'고등학교 졸업하면 살이 빠질 거야.'

'이십대가 되면 살이 빠질 거야.'

'삼십대가 되면 살이 빠질 거야.'

옮긴이 **장선정**

서강대학교와 홍익대학원에서 공부했다. 출판계에 입문한 이래, 주로 해외문학을 담당하는 문학편집자로 일하고 있다. 네코마키의 《콩고양이》 등을 우리말로 옮겼다.

IROKE WA BUNBENDAINI OITEKIMASITA
by Momoko Yamada

Copyright ⓒ Momoko Yamada, 2017
All rights reserved.
Original Japanese edition published by sansaibooks

Korean translation copyright ⓒ Viche, an imprint of Gimm-Young Publishers, Inc. 2018
This Korean edition is published by arrangement with sansaibooks, Tokyo, through HonnoKizuna, Inc., Tokyo, and Imprima Korea Agency.

이 책의 한국어판 저작권은 Honnokizuna, Inc.와 Imprima Korea Agency를 통한
sansaibooks와의 독점계약으로 비채에 있습니다.
저작권법에 의해 한국 내에서 보호를 받는 저작물이므로 무단전재와 무단복제를 금합니다.

섹시함은 분만실에 두고 왔습니다

1판 1쇄 인쇄 2018년 3월 9일 **1판 1쇄 발행** 2018년 3월 19일

지은이 야마다 모모코 **옮긴이** 장선정
펴낸이 고세규
편집 장선정 이승희 박정선 김지선 **디자인** 홍세연

발행처 김영사
주소 경기도 파주시 문발로 197(문발동) 우편번호10881
등록 1979년 5월 17일(제406-2003-036호)
주문 및 문의 전화 031)955-3100 **팩스** 031)955-3111
편집부 전화 02)3668-3295 **팩스** 02)745-4827 **전자우편** literature@gimmyoung.com
비채 카페 cafe.naver.com/vichebooks 인스타그램 @ drviche
트위터 @vichebook **페이스북** www.facebook.com/vichebook
ISBN 978-89-349-8049-0 030830 책값은 뒤표지에 있습니다.

비채는 김영사의 문학 브랜드입니다.

이 도서의 국립중앙도서관 출판시도서목록(CIP)은 서지정보유통지원시스템 홈페이지
(http://seoji.nl.go.kr)와 국가자료공동목록시스템(http://www.nl.go.kr/kolisnet)에서
이용하실 수 있습니다.
(CIP제어번호: CIP2018006539)